副刊文丛

主编 李辉 王刘纯

我从《大地》走来

李建永 著

中原出版传媒集团
中原传媒股份公司
大象出版社
·郑州·

图书在版编目(CIP)数据

我从《大地》走来 / 李建永著.— 郑州 ：大象出版社，2020. 3
(副刊文丛 / 李辉，王刘纯主编)
ISBN 978-7-5711-0536-5

Ⅰ. ①我… Ⅱ. ①李… Ⅲ. ①杂文集-中国-当代
Ⅳ. ①I267. 1

中国版本图书馆 CIP 数据核字(2020)第 017626 号

我从《大地》走来

WO CONG《DADI》ZOULAI

李建永 著

出 版 人 王刘纯
项目统筹 李光洁 成 艳
责任编辑 李 爽
责任校对 牛志远
封面设计 段 旭
内文设计 杜晓燕

出版发行 大象出版社(郑州市郑东新区祥盛街 27 号 邮政编码 450016)
发行科 0371-63863551 总编室 0371-65597936
网 址 www.daxiang.cn
印 刷 河南瑞之光印刷股份有限公司
经 销 各地新华书店经销
开 本 787 mm×1092 mm 1/32
印 张 7.75
字 数 102 千字
版 次 2020 年 3 月第 1 版 2020 年 3 月第 1 次印刷
定 价 38.00 元
若发现印、装质量问题，影响阅读，请与承印厂联系调换。
印厂地址 武陟县产业集聚区东区(詹店镇)泰安路与昌平路交叉口
邮政编码 454950 电话 0391-2527860

“副刊文丛”总序

李　辉

设想编一套“副刊文丛”的念头由来已久。

中文报纸副刊历史可谓悠久，迄今已有百年。副刊为中文报纸的一大特色。自近代中国报纸诞生之后，几乎所有报纸都有不同类型、不同风格的副刊。在出版业尚不发达之际，精彩纷呈的副刊版面，几乎成为作者与读者之间最为便利的交流平台。百年间，副刊上发表过多少重要作品，培养过多少作家，若要认真统计，颇为不易。

“五四新文学”兴起，报纸副刊一时间成为重要作家与重要作品率先亮相的舞台，从鲁迅的小说《阿Q正传》、郭沫若的诗歌《女神》，到巴金的小说《家》等均是在北京、上海的报纸副刊上发表，从而产生广泛影响的。随着各类出版社雨后春笋般出现，杂志、书籍与报纸副刊渐次形成三足鼎立的局面，但是，不同区域或大小城市，都有不同类型的报纸副刊，因而形成不同层面的读者群，在与读者建立直接和广泛的联系方面，多年来报纸副刊一直占据优势。近些年，随着电视、网络等新兴媒体的崛起，报纸副刊的优势以及影响力开始减弱，长期以来副刊作为阵地培养作家的方式，也随之隐退，风光不再。

尽管如此，就报纸而言，副刊依旧具有稳定性，所刊文章更注重深度而非时效性。在新闻爆炸性滚动播出的当下，报纸的所谓新闻效应早已滞后，无法与昔日同日而语。在我看来，唯有副刊之类的版面，侧重于独家深度文章，侧重于作者不同角度的发现，才能与其他媒体相抗衡。或者说，只有副刊版面发表的不太注重新闻时效的文章，才足以让读者静下心，选择合适时间品茗细读，与之达到心领神会的交融。这或许才是一份报纸在新闻之外能够带给读者的最佳阅读体验。

1982年自复旦大学毕业，我进入报社，先是编辑《北京晚报》副刊《五色土》，后是编辑《人民日报》副刊《大地》，长达三十四年的光阴，几乎都是在编辑副刊。除了编辑副刊，我还在《中国青年报》《新民晚报》《南方周末》等的副刊上，开设了多年个人专栏。副刊与我，可谓不离不弃。编辑副刊三十余年，有幸与不少前辈文人交往，而他们中间的不少人，都曾编辑过副刊，如夏衍、沈从文、萧乾、刘北汜、吴祖光、郁风、柯灵、黄裳、袁鹰、姜德明等。在不同时期的这些前辈编辑那里，我感受着百年之间中国报纸副刊的斑斓景象与编辑情怀。

行将退休，编辑一套“副刊文丛”的想法愈加强烈。尽管面临新媒体的挑战，不少报纸副刊如今仍以其稳定性、原创性、丰富性等特点，坚守着文化品位和文化传承。一大批副刊编辑，不急不躁，沉着坚韧，以各自的才华和眼光，既编辑好不同精品专栏，又笔耕不辍，佳作迭出。鉴于此，我觉得有必要将中国各地报纸副刊的作品，以不同编辑方式予以整合，集中呈现，使纸媒副刊作品，在与新媒体的博弈中，以出版物的形式，留存历史，留存文化，便于日后人们借这套丛书领略中文报纸副刊（包括海外）曾经拥有过的丰富景象。

“副刊文丛”设想以两种类型出版，每年大约出版二十种。

第一类：精品栏目荟萃。约请各地中文报纸副刊，挑选精品专栏若干编选，涵盖文化、人物、历史、美术、收藏等领域。

第二类：个人作品精选。副刊编辑、在副刊开设个人专栏的作者，人才济济，各有专长，可从中挑选若干，编辑个人作品集。

初步计划先从20世纪80年代开始编选，然后，再往前延伸，直到“五四新文学”时期。如能坚持多年，相信能大致呈现中国报纸副刊的重要成果。

将这一想法与大象出版社社长王刘纯兄沟通，得到王兄的大力支持。如此大规模的一套“副刊文丛”，只有得到大象出版社各位同人的鼎力相助，构想才有一个落地的坚实平台。与大象出版社合作二十年，友情笃深，感谢历届社长和编辑们对我的支持，一直感觉自己仿佛早已是他们中间的一员。

在开始编选“副刊文丛”过程中，得到不少前辈与友人的支持。感谢王刘纯兄应允与我一起担任丛书主编，感谢袁鹰、姜德明两位副刊前辈同意出任“副刊文丛”的顾问，感谢姜德明先生为我编选的《副刊面面观》一书写序……

特别感谢所有来自海内外参与这套丛书的作者与朋友，没有你们的大力支持，构想不可能落地。

期待“副刊文丛”能够得到副刊编辑和读者的认可。期待更多朋友参与其中。期待“副刊文丛”能够坚持下去，真正成为一套文化积累的丛书，延续中文报纸副刊的历史脉络。

我们一起共同努力吧！

2016 年 7 月 10 日，写于北京酷热中

目　录

第二辑　说追求

第三辑　莼鲈思

我从《大地》走来（代序）

却顾所来径，苍苍横翠微。盘点我30年走过的文学路，简而言之，有三个特点：杂文起家，业余写作，副刊作家。概括起来，只有一条主线，始终贯穿于《大地》。

那会儿，我们正年轻。那会儿，文学高雅而神圣，青年人精神高扬。那会儿，几乎所有年轻人，都是真诚的文学爱好者，大家手里拿着《山西青年》《辽宁青年》《福建青年》等杂志，一篇千字文即可传遍天涯。那会儿，不爱好文学者，谈对象都困难。最难忘怀，

30多年前的1988年，我26岁，刚从某中学调入阳泉市文联做编辑，憋足劲儿要写点什么。那时我正谈恋爱，女朋友说，《人民日报》的《大地》副刊搞杂文征文，要不要试一下？就试了一下。我有生以来第一篇正儿八经写下的杂文《撒娇的流派》，发表在1988年9月12日《人民日报》的《大地》副刊头条位置。此次《人民日报》“风华杯杂文征文”，被称为中国当代杂文史上的一个高峰。征文本着“不薄名人爱凡人”的精神，作者中既有名家大腕，亦不乏“草莽野花”。作为“野花”的在下，躬逢其盛，与有荣焉。

《撒娇的流派》发表后，《大地》编辑李辉写来一封鼓励的信，从此我们书信往来。两年后我到北大中文系进修，专程到《人民日报》报社拜访李辉。当我走进文艺部小灰楼跟李辉接头后，他突然在楼道里喊一嗓子：“大家快来看，‘撒娇的’来啦！”召唤文艺部多位年轻编辑笑呵呵前来围观。长得黑乎乎的我，站在楼道中间不知所措。李辉带我认识了文艺部当时的各位编辑，还领着我拜访了文艺部的老主任袁鹰、蓝翎、舒展、姜德明等著名作家。不久，我把第二篇杂文《李白之死因新论》拿给李辉看。他说篇幅稍长，由他转《随笔》杂志，很快便发表出来。最初的这两篇杂文，是我创作的起点，也是我文学之路的出发点。迄今为止，一些杂文选本如《中华杂文百年精华》《中国新文学大系（1976—2000）·杂文卷》《100年100人：20世纪中国杂文读本》等，所选的都是这两篇杂文或其中之一。它们已然成为我的代表作，我也由此被定位为杂文家。

1996年春天，我挈妇将雏来北京文化打工，再次到《人民日报》报社拜访李辉。他对同办公室的蒋元明说，李建永像当年的沈从文一样，“乡下人”闯北京啦！这既是一句朋友间的玩笑话，更是一句寄予厚望的激励之语。李辉像园丁关爱树苗一样，一直精心呵护着、帮助着我，希望我这棵从《大地》生长出来的苗子，能够挺拔而茁壮地成长。早在1993年春天，李辉就来到我的故乡雁门关附近的山阴县高庄村，坐在我家的土炕上，为我编起第一本集子《女人是水》，并收入他主编的“金蔷薇随笔文丛”第一辑。他想像当年巴金主编“文学丛刊”那样，以名家带新人的方式培养文学新苗。名家有吴冠中、汪曾祺、林斤澜、邵燕祥、刘心武、冯骥才等，新人中则有我这株“草莽野花”。

然而，我的“北漂”生活，决定了我只能业余写作。正式调到北京工作后，有段时间，我的文章很难发表，只有《人民日报》的《大地》和《新民晚报》的《夜光杯》等少数几家副刊，一仍其旧。此后有些年我的文章几乎只在《大地》刊发。仅经常莉编辑一人之手，编发的散文、杂文即达五十余篇。她在退休前夕，郑重其事地把我“交代”给《大地》的年轻编辑。其中，她和周舒艺先后编发的《文化在哪里》《阅读经典的问题》《说追求》《说“正”》等文章，已成为全国各省市中学语文考试的经典阅读试题。

多年来我一直认为，报纸虽然是“新闻纸”，但新闻与副刊的关系，就像当年的粮店与副食品商店之间的关系，二者是相得益彰相辅相成的，缺一便会缺少营养与滋味。综观全国的报纸副刊，各具特色，南方有《花地》《芳草地》，北方有《黄河》《黑土地》，北京则有象征社稷(坛)的《五色土》，只有《人民日报》副刊堪称《大地》。《大地》，就像《易经》中代表高天和大地的乾、坤二卦之坤卦的大象辞“地势坤，君子以厚德载物”。《大地》是中国文学的厚土、热土和沃土。“大地人”拥有“厚德载物”的襟怀与风范。

我感恩《大地》的培植，感谢《大地》编辑的持续关注与跟踪培养。我曾利用多年的业余时间写出一部40万字的《母亲词典》，其中不少篇章以《年的意义》《年节二题》《新年说“礼”》《清明与寒食》《“秋包伏”与“伏包秋”》《秋风响　蟹脚痒》《雁来燕去换春秋》等为题，在《大地》副刊率先刊出。《母亲词典》结集出版后，李辉第一个为我喝彩鼓劲！他撰写长文《雁来燕去，二十春秋》(发表于2010年12月号《书城》，选入2011年第4期《新华文摘》)，开头写道：“四十几年的人生阅历，十几年的记忆追寻和旁征博引，晋人李建永——相貌彪悍，看似颇有契丹人的塞外风采，实则心细如发，且忍耐力惊人——终于完成了《母亲词典》。他以发表杂文而步入文坛，迄今已达二十二年。如今，这本写了十几年的厚重作品，为其写作生涯树起了一块里程碑。”结尾写下：“雁来燕去，二十春秋。来自塞外的李建永，携一本《母亲词典》，如此这般，向我们走来。”此文写于8年前，而今已然“雁来燕去，三十春秋”矣。我也许是全国极少数三十年如一日专门为《大地》写作的副刊作家——怎能忘记，我是从《大地》一步一个脚印走出来的！

作者

2018年仲秋于京东果园

第一辑

谈表现

没用的东西

和珅若是收藏玩家则另当别论。然而，他却是大清王朝乾隆时代的头号政治玩家兼收藏玩家。从《清实录》《清史稿》《清史列传》以及《和珅犯罪全案档》等史料中可获知，和珅的藏品实在是太高精尖了！数目庞大的房产、田产，以及银号、当铺姑置不论，仅金银珠宝、字画、器玩等即有：

金库：赤金五万八千两。

银库：元宝五万五千六百个，京锞五百八十三万个，苏锞三百一十五万个。

另有夹墙内藏匿赤金二万六千两，地窖内埋藏银一百万两。

玉器库：玉鼎十三座，高二尺五寸；玉磬二十块；玉如意一百三十柄；镶玉如意一千一百零六柄；玉鼻烟壶四十八个；玉带头一百三十件；玉屏二座，二十四扇；玉碗一十三桌；玉瓶三十个；玉盆一十八面。大小玉器共九十三架，未计件。

珠宝库：桂圆大东珠十粒；珍珠手串二百三十串；大映红宝石十块，计重二百八十斤；小映红宝石八十块，未计斤重；映蓝宝石四十块，未计斤重；红宝石帽顶九十颗；珊瑚帽顶八十颗；镂金八宝屏十架。

银器库：银碗七十二桌；金镶箸二百双；银镶箸五百双；金茶匙六十根；银茶匙三百八十根；银漱口盂一百零八个；金法蓝漱口盂四十个；银法蓝漱口盂八十个。

古玩器：古铜瓶二十座；古铜鼎二十一座；古铜海三十三座；古剑二口；宋砚十方；端砚七百零六方。

瓷器库：瓷器共九万六千一百八十四件。

文房库：笔墨纸张、字画、法帖、书籍等未计件数（按：其中“字画、法帖、书籍”多属稀世珍品和孤品，价值连城）。

绸缎库：绸缎纱罗共一万四千三百匹。

洋货库：大红呢八百板，五色呢四百五十板，羽毛六百板，五色哔叽二十五板。

皮张库：白狐皮五十二张，元狐皮五百张，白貂皮五十张，紫貂皮八百张，各种粗细皮共五万六千张。

铜锡库：铜锡器共三十六万零九百三十五件。

住屋内：镂金八宝床四架，镂金八宝炕二十座；大自鸣钟十座，小自鸣钟一百五十六座，桌钟三百座，时辰表八十个；紫檀琉璃水晶灯彩各物共九千八百五十七件；珠宝、金银、朝珠、杂佩、簪钏等物共二万零二十五件；皮衣服共一千三百件，绵夹单纱衣服共五千六百二十四件；帽盒三十五个，帽五十四顶；靴箱六十口，靴一百二十四双。

另有一些无法估价的名副其实的“无价之宝”，计有：

玉寿佛一尊，高三尺六寸；玉观音一尊，高三尺八寸（此二件均刻“云贵总督献”）；玉马一匹，长四尺三寸，高二尺八寸；珊瑚树七支高三尺六寸，又四支高三尺四寸；金镶玉嵌钟一座；大珠八粒，每粒重一两；金宝塔一座，重二十六斤；赤金二千五百两；大金元宝一百个，每个重一千两；大银元宝五百个，每个重一千两；等等。

我之所以不厌其烦地罗列这些令人心动目眩的东西，一是想让诸君开开眼界，二是想探寻一下这些东西的价值。和珅苦心搜罗来的这些劳什子究竟有什么用处呢？实际上尽是些没用的东西。要说它的唯一用处，那就是作为和珅被赐死的关键罪证。一个官员“收藏”了大量没用的东西，也就充分证明其人是一个不堪大用的东西。

如果和珅作为一个纯粹的收藏玩家，那无疑是一个旷世大玩家。可是当官发财，自古两道。作为一个政治人物，他既想做大官，又要发横财，结果只落得个“和珅跌倒，嘉庆吃饱”的可耻、可悲、可怜、可笑之下场！怪谁？怨谁？

有笔的人

早年有一个相声段子，说一个人在前胸口袋里插一支笔是小学生，插两支笔是中学生，插三支笔是大学生，而插四支笔就是修笔的了。逗人一乐。

其实，不管在胸前插几支笔，都不能代表一个人的真实水平，就像有的人天天舞文弄墨耍笔杆子，却称不上一个有笔的人。我知道一类文人，文章写得蛮多，名头也颇不小，但他们所谓的“创作”，就是今天为张三立传，明天为李四捉刀，“著书皆为稻粱谋”。

有一位“大家”还自我标榜，他的顶头上司出版文集，其中有四分之三的文章出自他的手笔，他因此获得了“令多少人艳羡”的房子、车子和位子，他也因此有了“常峙节得钞傲妻儿”的资本，并每每在文章中显山露水，字里行间流露出一种沾沾自喜。然而，这不能算是有笔的人，他充其量不过一枪手耳。

有笔的人不仅是有水平有文采的人，他更是有自由之思想、独立之人格的人。有笔的人一定是真诚的、勇敢的、“我手写我口”的、有良知的人。有笔的人当然还是“穷年忧黎元，叹息肠内热”的富有正义感和使命感的人。有笔的人最重要的不在于他写了什么，而在于他不写什么。对于一切趋炎附势、溜须拍马、人身依附、帮闲抬轿的文人枪手来说，笔，何有于他！

伏尔泰说：“我没有权杖，但我有笔。”

鲁迅说：“我有一支笔，名曰‘金不换’。”

我想说：“生为文人，当以有笔为荣。”

羡慕嫉妒恨

不要把它分开来读，也不要写成“羡慕、嫉妒、恨”或者“羡慕·嫉妒·恨”，那将会削弱它的表达效果，甚而使之韵味尽失。“羡慕嫉妒恨”是一种修辞。就像“神速麻利快”描摹一种“快”，就像“刁巧伶俐奸，敌不过忠厚老实憨”表达“老实常在，奸猾一时”之命意。把同义词或近义词反复叠加，说“快”就极言其快，说“奸”就极言其奸，通过紧凑、复沓的形式，表达鲜明、强烈的情感，追求一种奇特、夸张的效果。

而且，“羡慕嫉妒恨”不仅强化了中心词“嫉妒”的表达效果，还包含了嫉妒的结构层次和来龙去脉——嫉妒，从何而来，又将向何处去？

嫉妒从羡慕来。羡慕是看到别人有某种长处、好处或有利条件，希望自己也有；嫉妒则是看到别人拥有这些东西，情绪抵触，心生恨意，你越是“向阳石榴红似火”，他越是“背阴李子酸透心”。日本的阿部次郎在《人格主义》中讲道：“什么是嫉妒？那就是对于别人的价值伴随着憎恶的羡慕。”歌德讲得更透彻：“憎恨是积极的不快，嫉妒是消极的不快。所以嫉妒很容易转化为憎恨，就不足为奇了。”羡慕—嫉妒—恨，正好画出了嫉妒的生长轨迹，始于羡慕终于恨。羡慕只是嫉妒的表层，恨才是嫉妒的核心。

那么，恨什么呢？我国古代的一些典籍把“嫉”和“妒”做了区分。王逸为《离骚》“各兴心而嫉妒”作注：“害贤曰嫉，害色曰妒。”郑玄为《诗经·召南·小星序》“夫人无妒忌之行”作笺：“以色曰妒，以行曰忌。”邹阳《狱中上书自明》亦讲道：“女无美恶，入宫见妒；

士无贤不肖，入朝见嫉。”译成现代文，“嫉”大概相当于“红眼病”，侧重点在才能和仕途；“妒”大约相当于“吃醋”，侧重点是性和情爱。撮其要旨，一“贤”一“色”，男才女貌，是最易招致忌恨的。这也正是孔子的高足子夏强调“贤贤易色”的原因所在吧？

由于嫉妒二字均有“女”字旁，会让人联想到女性多嫉妒。然而事实上，男性在嫉妒这个领域里也表现得毫不逊色。据《旧唐书》李益传记载，集大才子、大公子、大官人于一身的唐代大诗人李益，“少有痴病，而多猜忌，防闲妻妾，过为苛刻，而有散灰扃户之谈闻于时，故时谓妒痴为‘李益疾’”。堂堂正史，专门记载以个人名字来命名的一种“疾病”，可见李益这爷们在该项目上的造诣之深。其实，嫉妒是人的一种本能。谁没有嫉妒过别人？你没有吗？谚云：“炎凉之态，富贵甚于贫贱；嫉妒之心，骨肉甚于外人。”骨肉尚且嫉妒，况他人乎？所区分者，只是每个人的嫉妒心之强弱不同罢了。据美国的一项研究表明，“微妒”可以激发人的进取心和竞争意识，似乎并非坏事。

所谓“微妒”，犹如菜肴中起调味作用的佐料，而佐料终究不能当饭吃。如果一个人的嫉妒心过于强烈，“中夜恨火来，焚烧九回肠”，整日里痛苦着别人的幸福，幸福着别人的痛苦，长此以往，人何以堪！

常言道，距离产生美。可是近距离却产生嫉妒。《世说新语》里有“妒前无亲”一语，我觉得“妒前”（痛恨站在自己前面、超过自己的人）这个词儿特别精妙传神。培根说过：“人可以容忍一个陌生人的发迹，但绝不能忍受一个身边人的上升。”我们平日里所说的“同行是冤家”“文人相轻”，也是这个道理。尤其在文人堆儿里，有的人看见别人写一手好文章，极易产生瑜亮情结，一边妒火中烧，一边又讳莫如深，别有幽愁暗恨生，此时无声胜有声。说不出来的苦最苦，无言的嫉妒最深。人一旦暗生嫉妒，看人的眼光立马就“独到”了，量人的尺度也分外地“严格”了。他会凝神屏息地等待着你出点情况，甚而处心积虑为你设计制造一些情况。而真正的文人，又往往是些口无遮拦、大行不顾细谨的人物，很容易让有心人抓住借题发挥的“把柄”——得！正愁没窟窿下蛆，来了个卖藕的——那还不从“人格”上彻底搞垮你！

嫉妒狂，是小人最显著的特征之一。何谓小人？唐太宗说得最简明：行善事则为君子，行恶事则为小人。《圣经》称嫉妒为“凶眼”。小人不仅有“凶眼”，而且还会充当“凶手”。因为一般的嫉妒，只是停留在心理层面上的“忌恨”，对别人并不造成伤害；而小人则会在“忌恨”之后采取一系列“后续手段”，用毁谤、打击甚而戕害他人的卑鄙手段来增加自己的相对高度，以达到其目的。因此，在嫉妒生成之后有无“后续手段”，是判断是否小人的一道分水岭。

“羡慕嫉妒恨”，一语五字，蕴含着多么丰富的内容啊！恨源于嫉妒，嫉妒源于羡慕——换言之，恨源于爱，嫉妒源于不如人。对一个人来说，被人嫉妒即等于领受了嫉妒者最真诚的恭维，是一种精神上的优越和快感；而嫉妒别人，则会或多或少地透露出自己的自卑、懊恼、羞愧和不甘，对自信心无疑是一个打击。学到知羞处，才知艺不精。一个人正是透过嫉妒这种难于启齿的情感，才真切地意识到了自己的不如人处。

撒娇的流派

撒娇之事，古典的近代的，大约仅限于妻对夫、女对父或恋人之间。据鄙人近来观察，撒娇的重点正在向政治经济领域转移，且流派纷呈，其中影响较大的就有三大流派——

怯娇派：此派成员惯于“装孙子”，在同性上司面前，言谈举止均作女郎怯生生之状；尤以说话时分，未语先红，娇言半吐（似乎舌尖秃了），不胜羞怯柔媚之态，煞是可爱。他们意在以自身之卑怯，来反衬上司的高大、完美、威严，将自己的人格一概扔到垃圾堆中！趁此时提一些个人要求，谅上司定会慨然允之。此派属内秀型。

泼娇派：此派成员一般艺高胆大，口齿伶俐，且有一定的“关系”可与上司攀附。比如表姨夫是上司的老上司，或者自己曾在上司还没有成为上司时，就跟他说过几句玩笑话……诸如此类，有了这层“关系”，就敢在上司面前摆出一副无赖相——先含情脉脉地直看着上司的眼睛约一二十秒，然后再破口大骂：“我说钱科长，你他妈的不要娶了媳妇忘了娘呀，这次不给老子搞到彩电和聚丙乙烯，看着，老子搬下你的脑袋当夜壶（尿壶）！”骂到玄处，往往使旁听者都要捏一把汗。但敬请读者放心，他们破口时破得相当适度——你看他边笑边骂，骂得刁泼而又亲切，使上司不抓痒处就能笑出声来！这等功夫，几人来得？由于泼娇派诸人大多来自更高层次，天资又好，故多属外向型。

嗔娇派：此派成员往往善解人意，精于迎合。譬如上司微恙初愈，他就会瞅个适当的机会（一般在人多的场合，或者有上司的上司在场），对上司佯怒薄嗔道：

“活该！病了怨谁？一干起来就不要命了，一个人干得比全单位的人还要多，跑上，忙下，还要横向联系，哼，不病才怪呢！”说到要紧处，再滴溜溜地丢过一个恨铁不成钢的假怒真疼的媚眼去，上司便感到哎呀你比我老婆还疼我！如此数次，必生奇效。此派有一秘不传人的铁戒：既要使上司心里痒酥酥地舒服，又不至让听众感到热辣辣地肉麻。若不能两全者，便不能归入此派。还有，泼娇者在行娇时有一二十秒的预备期，时间比较从容；嗔娇者则不然，他须眼疾口快，瞅准时机便说，要不让伙计们抢去了，只能暗恨人家一辈子，而且要心疼上个把月。正因如此，此派大员往往宿敌颇多，怨骂之声每每不绝于耳。

此外尚有“捧娇”“跌娇”“哈哈娇”及“滑稽娇”等，但无论从声势上还是影响上，都不敢与以上三派同日而语，故不一一解释。

目前，尽管“娇派”众多，但撒娇之受用者的水平也在不断提高，故撒娇的行情仍然看涨。今后，各“娇派”是否能在纵深方面形成新的突破，请诸位拭目以待。

官满如花谢

俗话说："十句谚语十句真。"透过民谚俗语来研究旧时代的官场，更能把官情世态看得明白通透。

第一句："求官如鼠，得官如虎"

俗话说："未做官，说千般；做了官，都一般。"未做官时，那叫个义形于色、发扬蹈厉，说得（包括写得）堂而皇之漂亮至极啊！可是做了官呢？先是缩脖子，装孙子，夹着尾巴做小官。一旦官做大了，那可不得了了。俗话说："官升脾气长，位高架子足。"又说："官大福大势大，财粗腰粗气粗。"还说："官大了，人胖了，大爷大娘全忘了。"总之一副"求官如鼠，得官如虎"的变色龙嘴脸。为什么那么多人喜欢钻营当官呢？有个朋友说过一句极其精彩的话："当官的好处说——也——说——不——尽！"且不说"三年清知县，十万雪花银"，仅是"一人得道，鸡犬升天"就够人垂涎直下三千尺。明朝张岱的《夜航船·选举部·官制》中这样写道："凡品级官员封及其母妻者，正从一品，母妻封一品夫人；正从二品，母妻封夫人；正从三品，母妻封淑人；正从四品，母妻封恭人；正从五品，母妻封宜人；正从六品，母妻封安人；正从七品，母妻封孺人。"这也正好应了一句俗语："嫁了官人当娘子，嫁了屠夫翻肠子。"

第二句："官大一级，嘴大一尺"

俗话说："官大一等，理长一分。"又说："官大一级，嘴大一尺。”还说：“官字两张口，没有也说有。”不仅嘴巴大，而且手也长。正所谓“文官三只手，武官四条腿”（文多一只手捞，武多两条腿逃），并且“贼是暗地里偷，狗是背地里咬，土匪是拦路抢，官爷是明着要”。官人不仅手长，而且手狠。老话常说：“民错了，官打哩；官错了，打民哩。”又说：“心不黑，官不红。”在这种“官大一品压死人”的专制环境中，各级官员摸索出一套行之有效的官经，叫作“瞒官莫逆官”——就是尽可以对上级领导瞒哄和欺骗，但千万不可硬顶，即使有理也不行。在这种氛围里熏陶出来的芝麻小吏们，手段也十分了得，有的比长官更厉害。诚如俗话所说：“任你官清似水，怎奈他吏滑如油。”还说：“诸般杂症好医，唯有吏病难治。”

第三句：“官大自险，树大招风”

俗话说：“位尊者忧深，禄重者责大。”又说：“官高必险，伴虎而眠。”还说：“官大自奸，水大自淹。”

何哉？明朝朱载堉有一首十分有名的《十不足》："终日奔忙只为饥，才得有食又思衣。置下绫罗身上穿，抬头又嫌房屋低。盖下高楼并大厦，床前缺少美貌妻。娇妻美妾都娶下，又虑出门没马骑。将钱买下高头马，马前马后少跟随。家人招下十数个，有钱没势被人欺。一铨铨到知县位，又说官小势位卑。一攀攀到阁老位，每日思想要登基。一日南面坐天下，又想神仙下象棋。洞宾与他把棋下，又问那是上天梯？上天梯子未做下，阎王发牌鬼来催。若非此人大限到，上到天上还嫌低！"人心如此，官心如此。没当官的想当官，当了小官想大官。然而官场是个金字塔，越往上位子越少，可是瞄着的人、进攻的人却越来越多。所以说："官大自险，树大招风。"

第四句："十山九无头，官至三品休"

俗话说："官到尚书吏到部，人到讨饭尽了头。"又说："十山九无头，官至三品休。"三品是个多大的官？

各个朝代不一样，大致在尚书和侍郎之间（折合成现代的职级，尚书相当于正部级，侍郎相当于副部级）。譬如，隋代的六部尚书都是正三品，侍郎则只有吏部侍郎是正四品，而户、礼、工、刑、兵五部侍郎都是从五品。唐代的六部尚书都是正三品，侍郎则只有吏部侍郎是正四品上，而户、礼、工、刑、兵五部侍郎都是正四品下，六部二十四司郎中都是从五品上。金代的六部尚书都是正三品，侍郎一律是正四品。明初沿用元制，到洪武十三年（1380年）撤销中书省并废除丞相职务，六部职权大大提高，成为直接向皇帝负责的中央最高一级行政机关，六部尚书都是正二品，而左右侍郎都是正三品。张岱的《夜航船·选举部·官制》对明代的正从九品官列了一张明细表，谨录一、二、三品如后："正一品：太师，太傅，太保，宗人令，左右宗正，左右宗人，左右都督。从一品：少师，少傅，少保，太子太师，太子太傅，太子太保，都督同知。正二品：太子少师，太子少傅，太子少保，尚书，都御史，都督佥事，正留守，都指挥使，袭封衍圣公。从二品：布政使，都指挥使同知。

正三品：太子宾客，侍郎，副都御史，通政使，大理寺卿，太常寺卿，詹事，府尹，按察使，副留守，都指挥佥事，指挥使。从三品：光禄寺卿，太仆寺卿，行太仆寺卿，苑马寺卿，参政，都转运盐使，留守司指挥同知，宣慰使。”看一看，比一比，就知道三品官也不是谁都可以搞到的。俗话说：“望山跑死马，望鱼馋死人。”官场亦如是。倘一级一级不停地往上蹿，哪里是个尽头！

第五句：“官场如唱戏，你来我就去”

明朝汤显祖的《牡丹亭·虏谍》：“万里江山万里尘，一朝天子一朝臣。”俗话也说：“一朝天子一朝臣，这朝不用那朝的人。”官场里永远有兴替，有斗争，不是东风压倒西风，就是西风压倒东风，你方唱罢我登临。俗话说：“官场如戏，官场无义。”又说：“官场如唱戏，你来我就去。”如果你来我去的“去”是履新高就，那自然是“春风得意马蹄疾，一日看尽长安花”；

如若这个“去”是告别官场，告老还家，从此黄鹤一去不复返，那就会生出“流水落花春去也，天上人间”的慨叹。所以俗话说：“官难离堂，儿难离娘。”又说：“相逢尽道休官好，林下何曾见一人？”还有一些官人，在其人生最宝贵的黄金时段，是在“全心全意”地为他人设置障碍，制造困难，他们似乎觉得这样很有快感，很有成就感！然而，这种人一旦下台，威风不再，血债血还，晚景往往十分悲惨。因而他们更加贪权恋栈，非常恐惧看到下台落幕的那一天！

第六句：“官情薄如纸，心事乱如麻”

官场中人，多是竿木随身，逢场作戏。俗谚云：“官情长，私情短。”官在位，情深深，热嗡嗡，闹哄哄；官下台，情何如？义何在？古德拜！即使是你一手提拔的人，从前是公堂受爵，私室谢恩；而今你的“尊臀”刚离开位子三分钟，他便没了踪影。俗话说：“官在殷勤在，官丢奚落来。”又说：“官情薄如纸，心事乱如麻。”

形成反差最大的是，“官娘子死了满街白，官人死了没人抬”，“将军狗死人吊孝，将军死后没人埋”。

第七句：“好好开花好好谢”

《红楼梦》第二十七回林黛玉吟唱的《葬花词》，头一句:“花谢花飞飞满天,红消香断有谁怜？”末一句:“一朝春尽红颜老，花落人亡两不知！”不知怎的，每读到这两句，我就会想到俗话所说的“官满如花谢”。记得前些年读《黄帝内经》，令我非常吃惊的是，“精神内伤”竟是官场失意所致。《黄帝内经·素问·疏五过论篇》：“诊有三常，必问贵贱，封君败伤，及欲侯王？故贵脱势，虽不中邪，精神内伤，身必败亡。始富后贫，虽不伤邪，皮焦筋屈，痿躄为挛，医不能严，不能动神，外为柔弱，乱至失常，病不能移，则医事不行。”清代大医家张志聪注：“封君败伤，故贵脱势，及欲侯王而不可得，此忧患缘于内，是以精神内伤。《灵枢经》曰忧恐忿怒伤气，是三者皆不能守而失其常矣。”

因为丢官，竟至于“内伤”，竟至于“失常”，从而丢了性命。这个官字，可谓误尽苍生矣！其实，花开即有花谢日，上场必有下场时。既然是“官满如花谢”，那就要“好好开花好好谢”。不过，非上上智，无了了心。只有在风疾雨狂时，立得住才见脚跟；每处于花繁柳密处，放得下方显胸襟。孔子对没有位置，悠然而曰：“不在其位，不谋其政。”孟子对失去位置，潇洒而道：“我无官守，我无言责也，则吾进退，岂不绰绰然有余裕哉！”

官箴十条

谚云，不知为吏，视已成事。纵览古籍，从历史这面大镜子里，不仅可以照见历代王朝“其兴也勃焉”“其亡也忽焉”的发展轨迹，同时亦可以看到几千年来官对政治社会所产生的建设性与破坏性影响。《晏子春秋·内篇问上》云：“国有具官，然后其政可善。”谨从古籍中撷取十个句子，试述善政需要什么官。

（一）欲影正者端其表

时至今日，许多基层单位的各类选举，仍习惯于用粉笔在黑板上画“正”字来计票。这是因为政治的核心价值，就在于一个“正”字。俗话说，正人先正己。孔子屡屡强调，从政者首先要“以身为本”，率先垂范。《论语·颜渊》曰：“政者，正也。子帅以正，孰敢不正？”《论语·子路》亦云：“其身正，不令而行；其身不正，虽令不从。”作为政治的实践者与实行者，官一旦失“正”，便丧失了影响力与合法性。故《盐铁论·疾贪》云：“欲影正者端其表，欲下廉者先之身。”好官必然是贤良方正之表率。

（二）嗜欲深者天机浅

俗话说，官迷心窍能作恶。恶有多端，要者两点：官无大小，一沾财色，其余便不足观。《说苑·谈丛》有言：“毒智者莫甚于酒，毁廉者莫甚于色。”《庄子·大宗师》亦云："其嗜欲深者，其天机浅。"《左传·桓公二年》概括得更到位："官之失德，宠赂章也。""宠"者恩色也，"赂"者财贿也，"章"者彰扬也。卖官渔色，蕴利生孽，贪人败类，公然交接！吏治腐败乃最大腐败，它直接败坏官纪世风。俗话说，法正天心顺，官清民自安。

（三）水失鱼犹为水也

民是衣食父母，官是管家公仆。据《尸子》记载，孔子问其高足子夏，什么是为君之道？子夏对曰："鱼失水则死，水失鱼犹为水也。"这句话后来演变成一句十分流行的谚语——水无鱼依然是水，鱼无水一日难活。它精当而深刻地道破了官民之关系，不管多大的官，都不能脱离群众，不敢偏离群众路线。治道有常，利民为本；平易近民，民必归之。《韩诗外传》云："善为上者不忘其下。诚爱而利之，四海之内，阖然一家；不爱而利之，子或杀父，而况天下乎？"

（四）堂上远于百里

官越大，越容易受蒙蔽。所谓身边人，不乏“鹰眼鹿耳八哥嘴，狐狸脑袋兔子腿”。《管子·法法》有言：“堂上远于百里，堂下远于千里，门庭远于万里。”也许身边人咬耳朵所说的话，完全是十万八千里外没影儿的事！此谓之“灯下黑”。故选好身边人，既关乎事业成败，亦涉乎心身劳逸。有道是，劳于取人，逸于治事；逸于取人，劳于治事。古者舜帝左禹右皋陶，不下席而天下治。故《大戴礼记·子张问入官》曰：“贤君良上，必自择左右始。”俗谚亦云：不认得字是假瞎子，不认得人是真瞎子。

（五）用贤无敌是长城

人与人不同，花有百样红。要承认人与人之间具有差异性，智、愚、贤、不肖都是一种客观存在。俗话说，满地都是树，做梁的做不了柱。还说，只有不会打仗的将，没有不会打仗的兵。故《尚书·武成》主张："建官唯贤，位事唯能。"《韩非子·显学》则强调官要由最基层发掘、从实践中选拔："宰相必起于州部，猛将必发于卒伍。"《墨子·尚贤上》更提议官要能上能下："官无常贵，民无终贱。有能则举之，无能则下之。"历史上讲到治世典范，言必称汉唐。何哉？《贞观政要·崇儒学》载唐太宗语："为政之要，唯在得人；用非其才，必难致治。"《汉书·武帝纪》载汉武帝颁诏曰："进贤受上赏，蔽贤蒙显戮，古之道也。"向来得人者兴，失人者崩；黄金累千，不如一贤。俗话说，有了千里马，何愁千里路？故杜牧诗云："用贤无敌是长城。"

（六）不以私事害公义

成大事者，不忌小怨。史籍中关于祁奚推举解狐、赵武力荐邢伯子、咎犯保举虞子羔之类的故事，书之屡见不鲜。解狐之于祁奚，伯子之于赵武，子羔之于咎犯，皆仇家也，然而祁奚等人却能因公举仇，为国输才。故《韩非子·外储说左下》特载赵武之言:“私仇不入公门。”《说苑·至公》亦录咎犯之语：“不以私事害公义。”大道容众，大德容仇，公门之内无私怨。俗话说，将军额头能跑马，宰相肚里能撑船。其此之谓乎？

（七）务学不如务求师

《论语·子张》载子夏语：“仕而优则学，学而优则仕。”仕与学相辅相成，互为促进。问题是，向谁学？如何学？最普遍的办法一是向书本学。但要克服本本主义，尽习常规，囿于成法，何来创新？故尽信书则不如无书。二是向实践学。现实是杰出的老师，社会是广阔的大学。谚语说，熟读王叔和，不如临证多。三是向大众学。《诗经》曰：“先民有言，询于刍荛。”谚云，圣人学众人，众人学圣人。然而，经师易求，人师难得。最经济、最实用、最有效的方法是，把师傅请到身边来，人伴贤良智转高。《韩诗外传》云：“上主以师为佐，中主以友为佐，下主以吏为佐，危亡之主以隶为佐。”故《法言·学行》强调：“务学不如务求师。”

（八）分熟不如分腥

善于调动积极性，尽可能地发挥人的主观能动性，是为官的必备素质。《墨子·尚贤上》云：“上之所以使下者，一物也；下之所以事上者，一术也。”“物”是奖赏，是动力；“术”是技艺，是能力。“物”对“术”之积极性调动，就在于赏罚；赏罚之本，在于劝善惩恶。因此，赏疑唯重，罚疑唯轻；赏之愈亟，功效愈速；罚之愈公，惩效愈明；赏罚不明，则万事不成。故《说苑·政理》云：“分熟不如分腥，分腥不如分地。”《战国策·秦策一》亦云：“罚不讳强大，赏不私亲近。”尽管世人皆知，赏罚者利器也，小功不赏则大功不立，然而历朝历代之主官大员中，从来不乏《墨子·尚贤中》所言“贪于政者，不能分人以事；厚于货者，不能分人以禄”。吝官们大玩“吊肉跌死猫”把戏，结果是鱼也吊臭了，猫也叫瘦了！

（九）治大国若烹小鲜

《老子》六十章云："治大国若烹小鲜。"这并非说治大国就像炒小菜那么轻松自如。此语关键词在"小鲜"。河上公注《老子》曰："鲜，鱼也。"《说文解字》亦曰："鲜，鱼名，出貉国。"《韩非子·解老》讲得很透彻："烹小鲜而数挠之，则贼其泽；治大国而数变法，则民苦之。"政令不能擅出多变，就像煎鱼不可来回翻动，以免搅得色恶肉烂。故《尚书·毕命》云："政贵有恒。"倘政策没有连续性，就不可能持续发展；若主官没有稳定性，亦不可能负起责任。俗话说，常调之官好做，家常便饭好吃。

（十）有国者不可以不知《春秋》

担职为官，当有所作为，既要有现实责任感，更要有历史使命感。起点决定终点，视角决定视野。《左传·襄公二十四年》有“立德、立功、立言”之人生三不朽说，而官是最有机会和条件去实现的。《论语·泰伯》录曾子语：“士不可以不弘毅，任重而道远。仁以为己任，不亦重乎？死而后已，不亦远乎？”——官也是有责任和义务必须担当的。自古做官就是一项充满挑战的艰难事业。《论语·子路》云：“人之言曰：为君难，为臣不易。”史籍中记述“难”与“不易”诸事件，最深切著明者莫过于《春秋》，既有治世典型，更多反面教训。故《史记·太史公自序》云：“拨乱世反之正，莫近于《春秋》。……故有国者不可以不知《春秋》。”《说苑·建本》亦云：“有国者不可以不学《春秋》。……《春秋》，国之鉴也。”莫要轻看历史的价值和意义，数千年政治、经济、社会、军事、文化的深层积淀与文献珍存，乃先民以生命抒写并赐予后人的无价瑰宝！从来历史虚无主义者，也往往是现实鬼混主义者。有道是，行止无愧天地，褒贬自有春秋。读一读《春秋》，不仅可以知兴替、明治道，亦可以照镜子、鸣警钟。

为官一任，守土有责，究竟是造福一方，还是造孽一方，关键不在宣言而在事实，评价既看当时更重身后。谚云，政声人去后，民意闲谈时。

裸官巫臣

我国历史上有明文记载的第一位裸官，当数春秋时期楚国的公族大夫屈巫。屈巫本属楚国宗族，芈姓，屈氏，字子灵，亦称巫臣或申公巫臣，其行迹在《左传》中有多处记载。详细考察巫臣之生平事迹，发现其完全符合裸官所必备的三大特征。

一曰官。成为裸官的前提条件，当然是官，而且还得是个响当当的实权派人物，否则便不能名之为裸官，更不可能具备“裸”——即出国跑路的资本和成本。当其时也，楚国并不像其他尊奉周天子的诸侯国——国君之爵位分为公、侯、伯、子、男五等，诸如宋公、陈侯、郑伯、滕子、许男等。那时的楚国国君僭越称王，俨然与周天子周襄王相颉颃，故楚庄王的宠臣公族大夫申公巫臣，便成了名副其实有权有势的实力派大员。所以，当公元前599年陈国的大夫夏征舒弑灵公而立成公之后，巫臣便力劝楚庄王兴师讨陈。当楚王在陈国意外收获绝色美妇人夏姬并欲收纳之时，巫臣义正词严地说："讨罪为义，贪色为淫，不可混同！"庄王深然之。当楚国将军公子侧（字子反）向庄王求娶夏姬时，巫臣又晓义动情地劝说："此妇人'夭子蛮，杀御叔，弑灵侯，戮夏南，出孔仪，丧陈国'，不祥莫大焉。天下美人多矣，何必娶此淫物？"楚王于是便把夏姬赐予连尹襄老。由此可见，申公巫臣的雄辩力与影响力有多么强大。

二曰公。成为裸官的充分条件，还须时时处处体现出一个"公"字来，无论干什么事情，都必须以公的名义，务须占用公家的资源，包括养小三、包二奶乃至于出国跑路诸事宜。话分两头，顺便交代一下夏姬这个大美人。《左传》“宣公九年”“宣公十年”“宣公十一年”“成公二年”“成公七年”“襄公二十六年”及“昭公二十八年”等多处都写到夏姬，可见这是一个不可忽略的历史人物。夏姬乃郑国两代国君郑穆公之女、郑灵公之妹，出身高贵，美艳无匹，未出嫁即与其兄公子蛮私通，不及三年公子蛮死去。嫁给陈国的大夫夏御叔，生子夏征舒，十二年后御叔亡故。这便是巫臣所谓“夭子蛮，杀御叔”。后来陈国的国君陈灵公与两位大夫孔宁和仪行父共同宣淫于夏姬，三个变态的家伙穿着夏姬赠予的衵服（内衣）戏谑于朝，灵公说夏姬之子夏征舒长得像仪行父，行父笑答“亦似君”，夏征舒忍无可忍射杀陈灵公，孔、仪二人逃奔楚国，夏征舒旋被楚王擒杀，陈国亦险遭灭国。此所谓“弑灵侯，戮夏南，出孔仪，丧陈国”者也。及至楚王将夏姬赐予襄老，没多久襄老丧于军旅，夏姬又与襄老之子黑要烝淫，这破事不说也罢。再回到巫臣。此公行为作派，总是要打着“公”字旗号。而今已是楚共王时代，晋国讨伐齐国，齐国求救楚国，楚大夫巫臣趁机捞到出使齐国的公差，拿着公帑护照，改道郑国迎娶二奶夏姬之后，一溜烟儿投奔楚国的仇敌晋国去跑路也么哥！

三曰裸。成为裸官的必要条件，说一千道一万，其中心事件的核心价值还必须落实在“裸”字上。不然的话，仅《春秋》所载242年的历史当中，“弑君三十六，亡国五十二，诸侯奔走不得保其社稷者不可胜数”，公卿巨室出逃者无算，均未摘取裸官之桂冠，更何况区区一个公族大夫乎？巫臣之所以能够成为中国历史上高官成功跑路第一人，就因为其“裸奔”系统工程顶层设计超前又先进。首先，家属财富全转移。巫臣在拿到出使齐国的公文后，所办的第一件事就是将家眷和财帛分载于多辆车上，托言到新邑去收赋，在其子狐庸的监押之下，先期出发向晋国而去，故《左传·成公二年》称之“巫臣尽室以行”。轻装上阵，净身跑路，是谓一“裸”。其次，如愿赚得美人归。巫臣为得到夏姬真下苦力，上蹿下跳、东奔西跑、纵横捭阖、折冲樽俎，周旋于楚、郑、齐、晋四国之间，很是煞费苦心，可谓是拈断数茎须。而后私订密约承诺娶夏姬为妻，并让她主动请求从楚国回到郑国，而郑国又恰好介于晋楚之间，于是乎因利乘便“窃妻以逃”。当初巫臣每每规劝他人勿娶夏姬之时，无不义形于色、高调入云、唾沫横飞，如今却正好应了一句老话：满嘴仁义道德，一肚子男盗女娼。撕破画皮，晒出灵魂，是谓二“裸”。最后，改换门庭开新局。敌人的敌人是天然盟友，晋与楚分别为当时最强大的两个敌对阵营之盟主。巫臣奔晋并通过晋卿郤至推荐给晋景公，很快便化危机为机遇，愉快地做起了晋国的大夫。噫！这可与他平日在楚国的政治舞台上，摇头晃脑大讲特讲高风亮节、忠君爱国的论调相抵牾！砍倒高粱闪出狼——是谓“全裸”。

然而，申公巫臣作为春风得意的楚国公族大夫，为什么要辞官弃爵、背叛父母之邦而窜奔异国他乡呢？难道就为了夏姬这个美人？正是。除此而外，其他理由并不充分，且缺乏史料支持。夏姬乃郑国的金枝玉叶，按照《礼记》所述周制女子二十而嫁，那么到其子夏征舒十八岁射杀陈灵公时，她至少已年近四旬。在我国有文字记载的历史上，还没有哪一个年届四十的美人，能像夏姬那样令那么多君君臣臣在其石榴裙下流连逡巡。这位勾魂摄魄的夏姬究竟有多么美丽？兹有一个旁证为佐——后来晋国的大夫叔向，欲娶巫臣与夏姬之女为妻，叔向的母亲极力反对道：“子灵之妻杀三夫一君一子，而亡一国两卿矣，可无惩乎？吾闻之：‘甚美必有甚恶。’夫有尤物，足以移人。苟非德义，则必有祸……”叔向母亲的咒语恰好从侧面烘托出夏姬的美艳绝伦，风华绝代！只是，夏姬亦不过是当时历史条件下一个悲剧性的美丽道具。

平心而论，巫臣当初力谏楚庄王勿纳夏姬之时，应该是从现实情景出发真诚地捍卫公义的，至少他还不敢与楚王龙口夺食、争风吃醋吧？待到将军子反求娶夏姬，巫臣虽然严词面斥对方，然而却没奈何“尤物移人”，其色心色胆不免有些鼓胀活泛。及至楚王将夏姬赐予连尹襄老，他才啊呀一声跌足叫苦，为伊消得人憔悴也！诞生于公元前551年并修订过《春秋》的孔子，正是看到历史和现实中有太多的陈灵公、仪行父、公子侧、屈子灵之流，才发出“吾未见好德如好色者也”的千古浩叹！

俗话说，贪财迷，好色毒。财与色，贪官、裸官兼好之。再说楚国的两位执政重臣，令尹子重因巫臣劝阻楚王赐予封地与其结下梁子，将军子反则因被巫臣横刀夺爱与其势不两立，再加上巫臣“客观上”又把两任楚王都狠涮了一把，故二子联手将屈氏族人子阎、子荡及清尹弗忌与连尹襄老之子黑要统统歼灭，并快意恩仇地瓜分其室。老谋深算、不择手段的巫臣，更不是什么省油的灯。他决定全盘实施复仇计划，向子重、子反下书道：“余必使尔罢于奔命以死！”巫臣深知楚国的软肋何在，故祭出最阴狠的毒招，向晋侯献上“联吴疲楚”之计，使晋国联合楚国东南方的蕞尔小国吴国，供钱供物，给人给力，以骚扰牵制楚国。巫臣亦亲赴吴国做军事顾问，“与其射御，教吴乘车，教之战陈，教之叛楚”；他还派儿子屈狐庸（后为吴国相国）出仕吴国做“行人”，密切联系晋吴两国，尽最大努力损害楚国利益。“子重、子反于是乎一岁七奔命”，活活累死。于是乎，楚国在晋吴联手夹击下日渐衰落，而吴国却在不断侵削楚国中日益壮大。

站在晋国和吴国的立场上看，申公巫臣的作用、贡献乃至功勋，无疑可上凌烟阁。然而，持楚国之立场，为楚国而设想，裸官资敌，楚才晋用，倒持太阿，授人以柄！《春秋》之为“经”，《左氏》之为“传”，均有传承“春秋笔法，微言大义”的历史使命。如何评判两千五六百年前的巫臣事件，也许因立场和视角的不同而结论迥异，但它至少垂诫后世：贪官倒了赃物犹存，裸官跑了贻患无穷！

李白之死因新论

关于李白之死，历来杂说纷纭。“羽化登仙”说不仅浪漫，而且美丽，但历史毕竟不同于神话，何况还有“掉入唯心主义泥淖”之嫌。“捉月溺水”说倒是摸着了门边儿，可是对李白“为什么舍生忘死去捉一块冰冷的月亮”的深层心理和历史根源，没能做出精辟的分析和深入的开掘，故因说服力不强而显得苍白脆弱。至于其他诸说，多流于牵强附会，终究不得要领。有鉴于此，笔者不揣浅陋，历时十一载又三个半月，从精神心理医学的角度出发，对李白之死因做了潜心专注的分析研究。今谨将研究成果公之于世。

李白之死，根源于“单相思”。

问曰：风流飘逸、狂放不羁如太白，也会害这类没出息的病吗？

不错，李白害的是“单相思”。他一眼瞅中了唐玄宗李隆基御阶下的那个宰相位了，并且朝思暮想，痴恋入魔。堕入情网中人，往往爱玩几句诗。屈原不就是个借“香草”“美人”大发“离骚”（牢骚）的“单相思”者吗？李白亦不例外。他一边纵酒作诗，以排遣心中之苦闷；一边四处央人牵线搭桥，“十五好剑术，遍干诸侯；三十成文章，历抵卿相”。好不容易找到个荆州刺史韩朝宗，便扯住人家衣袖，非让给他“提亲”不可。他嘴里念念有词：“生不用封万户侯，但愿一识韩荆州。”心里却想：笑话，识你韩某人不为封个万户侯而何？精神心理医学把这种有意识的口是心非的复杂心理现象叫作“假背心理”。假背就假背吧，手眼通天的韩朝宗还是为他牵了线，但回话说绝了——

人家看不上他。这就未免太伤李白的自尊心了。哼，你看不上我，我还瞧不起你呢！从此，他见了“官”一类的人物，走路也总是雄赳赳的。此时的李白，已多少有点心理变态。

不知是孔孟哪位老夫子说过“心思之官”。诚然，心绝不是思维的器官，有科学为证。但圣贤的话能错吗？我很疑心那意思是说心里总想着做官。这倒更像是二位夫子的自道。其实，又岂止二位，古来官迷心窍的文人正多着呢！身在江海，心存魏阙；前有古人，后亦不乏来者。李白或者就曾私下对陶渊明的“不为五斗米折腰”提出过疑问：给他六斗米折不折？封个万户侯他干不干？比李白小了一辈儿的白居易，正好为这句话作了注脚。在浔阳江头与琵琶女对泣“同是天涯沦落人”的白大腕儿，后半生身着紫袍，官居二品。他那嘹亮的歌喉便转而唱起了雅颂之音，昔日江州司马的青衫怕是早已风干了吧。再说陷入“单相思”后的李白，整日里唱着“美酒樽中置千斗，载妓随波任去留”的风流歌，似乎散淡、达观得很哪。然而，这仍然是一种“假背心理”。不懂得文人的这种心理，往往容易被假象迷惑。虽然李白自我标榜“安能摧眉折腰事权贵，使我不得开心颜”，可是当真有权贵让他“事”的时候，他才开心颜呢。谓予不信，请看他的《与韩荆州书》，在极尽阿谀之能事后，拍着胸脯说：“倘急难有用，敢效微躯！”这“效”和“事”，跟孔乙己的“窃”和“偷”又有什么区别呢？不过是“读书人的事”罢了。

742年，四十二岁的李白得到了玄宗召他入京的诏书，一下子得意得竟忘了形态——“仰天大笑出门去，我辈岂是蓬蒿人！”然而，他踌躇得太早了。玄宗不过给他个“翰林供奉”这类不过瘾的官当当。宰相嘛，自有人家的小舅子大舅哥。两年之后，李白被玄宗赐金放还，离京漫游去了。其间，他自说饮酒作诗、对月舞剑最为人生快事，可是，又忍不住酒后吐真言——“吟诗作赋北窗里，万言不值一杯水”（可见握笔总不如握印把子过瘾），“三杯拂剑舞秋月，忽然高咏涕泗涟”（到底还是哭出来了）。

他这样过度摧伤，日见身心虚弱。此间诗作，时有

“千崖万转路不定，迷花倚石忽已暝”“霓为衣兮风为马，云之君兮纷纷而来下”之语。如果仅仅把它们概括为“想象神奇”，恐怕有些浮皮潦草。精神心理医学认为，虚弱导致精神恍惚，有时也伴有“幻觉”“幻思”。后世如有“在我自己的神经末梢上奔跑”的文豪之流，我敢确诊其亦属此类征候。

正当李白暗自伤神之际，玄宗的第十六个儿子永王李璘请他出山。这永王深谙读书人的心理，学了刘备的样儿，请了李白三次。李白也明知历史上还不曾有过请第四次的先例，于是忸怩归忸怩，到底还是下庐山充当了永王的幕僚。

一朝出山，便官瘾勃发，手痒难捱，迫不及待地要“试借君王玉马鞭，指挥戎虏坐琼筵”。孰料，他还没有将“玉马鞭”借到手，永王便因图谋割据，兵败被灭。李白沾光不小，论罪当诛。多亏郭子仪等人为他开了个大后门，才免其一死，流放夜郎。中途虽遇大赦，但这一打击毕竟太沉重了！

一心想着官、官，眼见着官帽临头，却不料险丧残生——真是活生生气煞人也！

这一口恶气喘不过来，竟咯嘣一声绷断了维系李白此生理想的最后一根神经！加之惊悸忧伤，平日又纵酒过度，遂生顽痰，痰迷心窍，则神志不清矣。此乃“单相思神经官能症”。此症患者，舌苔厚腻，舌体肥大，倘城府艰深，且对心中苦痛三缄其口者，舌面焦黑如木炭。好在李白天性纯真烂漫，虽然有时在当官的问题上受“假背心理”影响，但平日还算心直口快，爱说真话，只要把那个狗屁官帽看得轻一点，本来还是有救的。无奈他对唐玄宗御阶下的那个宰相位子一见钟情，痴衷不改，且走火入魔，不能自已，如守财奴之思恋“孔方兄”呀……

终于在762年，一个风清月明的晚上，六十二岁高龄的李白披着“三千丈”白发，病歪歪地坐在当涂县衙后花园的水池边，独自暴饮。他感到四肢疲弱无力，浑身燥热难当。恍惚间，水池中跃上一轮明月，既像一颗圆滚滚的冰球，吞之可消体内之灼热，又似一枚金灿灿的相印，捉之终遂毕生之宏愿！于是乎一口火痰撞将上来，他晃悠悠地立起身向池中扑去……

后人对李白捉月溺水而死，多赋予浪漫的色彩，以为他又到水中飘而逸之去了。其实，有谁知他心中的苦楚！

悲哉，死也。然而更可悲的是单相思神经官能之顽症，上下传染竟绵延了三千多年！

我是个浅薄的精神心理医生，治今人尚且不能，医古人就愈加困难了，更何况这是掘古今文人的祖坟。不过，我总以为这篇纯粹的探究病理的文字，纵失之偏颇，也绝不会有伤“诗仙”的伟大的。如果诗人地下有灵，知道还有一位深爱着他的文人，写下这样一篇“揭出病苦，引起疗救”的文章，定会含笑九泉的。退一步说，即使因为揭了他的痛处而不肯含笑，九泉之下的“谪仙”，又能奈我何？

陆虞候与豹子头

司马昭之心路人皆知，而陆虞候之心谁曾可知？林冲虽深受其害，然亦只知其然，不知其所以然。林冲在山神庙擒得陆虞候时，首先质问："泼贼！我自来又和你无甚冤仇，你如何这等害我！"满腔怨愤且大惑不解溢于言表。

岂止"无甚冤仇"，林陆二人自幼相交，本是好友，但在林冲危难之际，陆虞候却一次次伸出罪恶的手。

骗林冲吃酒，为高衙内创造调戏林夫人条件的是陆虞候；赚林冲买宝刀误入白虎堂施放毒计的也是陆虞候；重金收买威胁利诱董超、薛霸结束林冲性命的是陆虞候；火烧大军草料场欲置林冲于万劫不复之地的还是陆虞候。

为什么一个人竟会萌发伤害甚至残害朋友的念头呢？为什么一旦萌生了这一念头，便“义”无反顾、变本加厉在一条道上走到黑呢？

水浒一百零八条好汉，其中不少人是从“体制”内被迫无奈才上梁山的，尤以林冲最为典型。所以，以林冲为主角的戏剧电影，干脆名为《逼上梁山》。

的确，林冲不同于刘唐、白胜和阮氏三雄，他是不会自愿上梁山的。在赵官家的时代里，林冲算得小康之上人家，三十出头便任八十万禁军枪棒教头，更兼家有贤妻美而慧，可谓爱情事业双丰收。但不幸妻子被高太尉的螟蛉之子高衙内“爱”上了（可能是真爱，那厮竟病得奄奄一息），便飞来横祸，落得个“腰悬利刃误入白虎节堂，杖脊二十刺配远恶军州”的悲惨下场。在那个时代，被高衙内之流恨上自不必说，被他“爱”

上也触了霉头。

但林冲接受了这个现实。他选择了心字头上一把刀——忍。

夫人遭人调戏，扳过那人肩胛举拳欲打，认得是高衙内，堂堂林冲却“先自手软了”。是可忍，孰不可忍？

野猪林被董超、薛霸一边调侃“你须精细着，明年今日是你周年”，一边就要结果性命，多亏鲁达相救，才幸免于难。他阻止鲁达处死超、霸二人，固然有君子不与小人计较之成分，然亦未尝不是为自己留归路。

在沧州牢城营内被小小差拨左一个“贼配军”、右一个“贼骨头”，直骂得一佛升天二佛出世，竟不敢抬头说话。舍得八尺英雄躯，把他差拨狗头拧下来！林冲这般忍气吞声，不就为了好好表现，服刑期满重做赵官家的良民吗？

在柴进庄上路遇出猎归来的柴进，身披重枷的林冲“寻思道：‘敢是柴大官人？’又不敢问他，只自肚里踌躇”。这般委琐，这般战战兢兢，哪里是林冲！读《水浒》至此，不禁想哭。

“我自来又和你无甚冤仇，你如何这等害我！”这是林冲的强势逻辑。

在处于弱势的陆虞候看来，“比我强就跟我有仇”。

林陆二人虽然自幼相好，但林冲生得豹头环眼，燕颔虎须，八尺长身材，一副英雄身手；而陆谦呢，面皮白净，没甚髭须，五短身材，啤酒肚子，走在街上连丑女子都不肯瞟他一眼。林冲三十出头便是八十万禁军枪棒教头，而陆谦三十老儿还窝窝囊囊，没有一点成就。林冲夫人美而慧，陆谦贱内黄脸婆——如果他有林冲那个美丽老婆，恨不得早早就供献给了高衙内，抓住那娘们儿的裤腰带，趁势飞黄腾达，鸡犬升天。这机会偏偏让林冲逮着，偏偏林冲又这般不识“抬举”。

人性中的善总是比较浮泛的，所以世人多“伪善”；而恶却埋得很深，遮得很严，上面覆盖着“善”的茅草。人常说“恶向胆边生”，可见埋藏之偏僻之幽深。那么，什么时候恶才会从胆边生出来呢？当你威胁到他的生存，侵犯到他的利益，伤害到他的自尊心的时候，恶就会“偶尔露峥嵘”。

林冲与陆谦的对比太强烈了，二人之间存在着一种比较利益。没什么好说的，林冲的存在本身就是对陆谦的“伤害”，恨你没商量。所以，陆谦老早就想拾掇林冲，苦于没有下手的机会。正巧高太尉差遣他消灭林冲的肉体，事成之后还能得到“抬举”，岂非一件事了却了两桩心愿？

陆谦办此事甚为麻利，他请董超、薛霸吃酒，拿出十两蒜条金，打着高太尉钧旨，要求结果林冲并“揭取林冲脸上金印回来做表证”。人活脸面树活皮，陆谦就是要揭林冲脸上这块皮。

林冲走到“有家难归，有国难投”这步田地，能无恨乎？

时代的局限，使林冲对赵官家不敢恨，董超、薛霸又不值得恨，高俅父子及其帮凶干鸟头富安固然可恨，但让他最痛恨的当数陆谦陆虞候。在那个“义”字当头的时代里，他打破了林冲的友情梦，让他止不住发问：友情还温暖、还美好吗？陆谦对林冲的“友情”，是必欲赶尽杀绝置之死地而后快哉！这不，他又风雪兼程赶来了。

《水浒传》风雪山神庙林冲遭遇陆谦一节，描写十分精彩，读来十分畅快：

陆虞候叫声："饶命！"吓得慌了手脚，走不动，那富安走不到十来步，被林冲赶上，后心只一枪，又戳倒了。翻回身来，陆虞候却才行得三四步。林冲喝声道："奸贼！你待那里去！"批胸只一提，丢翻在雪地上，把枪搠在地里，用脚踏住胸脯，身边取出那口刀来，便去陆谦脸上阁着，喝道："泼贼！我自来又和你无甚冤仇，你如何这等害我！正是杀人可恕，情理难容。"陆虞候告道："不干小人事，太尉差遣，不敢不来。"林冲骂道："奸贼，我与你自幼相交，今日倒来害我，怎不干你事！且吃我一刀。"把陆谦身上衣服扯开，把尖刀向心窝里只一剜，七窍迸出血来，将心肝提在手里。

每读到这一节，我并不以为林冲真的杀死了陆谦，我只读出了作者施耐庵的一种情绪。但每读到这一节，我总禁不住要问：为什么性命攸关，富安能走出十来步，而陆谦只行得三四步呢？干鸟头富安自然罪不容诛，但陆虞候又在道义上背负着“朋友”的十字架，自感罪孽更加深重，所以走不动。

林冲雪夜上梁山，固然在“佶京俅贯江山里”只是个迟早的问题，然而不能否认，是陆虞候起了催化作用。

金圣叹在《读第五才子书法》中写道：“林冲自然是上上人物，写得只是太狠。看他算得到、熬得往、把得牢、做得彻，都使人怕。这般人在世上，定做得事业来，然琢削元气也不少。”一言以蔽之，林冲历尽坎坷已然修炼成一条顶天立地的英雄好汉！

虽然金圣叹并未对陆谦做什么评价，但你得承认，陆虞候绝非等闲之辈。他在追踪陷害林冲的整个过程中表现出的“纠缠如毒蛇，执着如怨鬼”，需要何等心气！他至死都没有对其罪恶流露丝毫的忏悔之意，恶作为一种本性，在陆虞候身上表现得尤其充分而且顽强。上帝也对他没辙儿。

可以说，没有陆虞候，成就不了豹子头。

然而很遗憾，百回本《水浒传》罗贯中续写的文字里，把林冲写成跟宋江一起受了招安供朝廷驱遣之辈。——虽然作者煞费苦心，安排招安之后的林冲身体“瘫痪”并在“归途”中死去，但这根本不符合林冲性格发展的逻辑。“男儿脸刻黄金印，一笑心轻白虎堂！”难道林冲不明白他是怎样一步步被逼上梁山的？他还会回到那个“体制”里去吗？

“体制”里没有他的位置。那里有无数的“高俅”“高衙内”以及面皮白净、没甚髭须、五短身材的“陆虞候”。大丈夫视死如归，林冲不归！

武二郎开店

20世纪80年代初，方成先生的一幅漫画《武大郎开店》，因深入人心而风靡全国，使武大郎从此成为嫉贤妒能的典型。叫我说，武大郎开店倒并不可怕，人家毕竟是直眉露眼、明码标价：比我高的都不要。可怕的是武二郎开店。武二郎何等豪杰！豪杰自有豪杰的胸襟——青青子衿，悠悠我心，饱揽英雄，思贤如渴，恨不能使天下英雄豪杰尽入我彀中。然而，这只是一张幌子，比起武大郎开店更具有欺骗性罢了。侯门一入深似海。进得武二店来，你就得俯首帖耳，重足而立，侧目而视，二爷英明，奴才该死，不然，景阳冈上的吊睛白额大虫就是你的下场。

“英雄”不同于“英雄店的掌柜”。想当年宋太祖赵匡胤，一条杆棒等身齐，打四百座军州都姓赵。一旦建立赵家王朝，便立马“杯酒释兵权”，把出生入死的铁哥儿们逐出店门。当然武二郎“义”字当头不屑这么做。他有一句名言：“凭着我胸中本事，平生只要打天下硬汉。”硬汉也好，好汉也罢，只要踏进本店门槛，就得听我武二摆布。什么本领呀，才华呀，思想呀，自由呀，事业呀，理想呀，人格呀，尊严呀，迈进武二店门，你就一笔勾销了吧。作为武家店的掌柜，武二既是本店游戏规则的制定者，又是吹哨裁判，更是喜则谬赏、怒则滥罚的执行者。凡是他看不顺眼的人，既可力拿，亦能智取。比如他看着兔子碍眼，就在本店举行一次龟兔赛跑，并明文规定：凡参赛者必须走龟步。别说兔子，即使千里马也只有认栽的份儿。武家店就是要让千里马困死槽头。

不错，武家店乃武二郎开（不管是自立门户还是上级任命），一掌店门，身价百倍，自以为是，他以为非——即“以他为非”，别人的话都是狗屁，只有武二才咳唾成珠，才金科玉律。不然的话，到底你是掌柜还是我是掌柜？在武二店里，无论什么东西，无不打上“武记”的烙印。

正因如此，围绕着武二郎的“光荣与梦想”，在武家店形成一种浓厚的马屁氛围。拍马者熟知，与二爷讲话，最搔着痒处的是打虎，其次斗杀西门庆，再次血溅鸳鸯楼，甚至可以说揪住王婆的髻子，割下潘金莲的奶子，双腿一夹把孙二娘压在下面……只要二爷快意，下流不下流，牛皮不牛皮，均无禁忌。关于“景阳冈事件”，在武二郎的生命中早已成为一个情结，他太在乎这码事了。他在两军阵前通名报姓时总要说“打虎者武松是也”；平时也爱说“看我把这厮和大虫一般结果他”；即使杀了人，逃跑前夕也不忘用人血在粉墙上写下：“杀人者，打虎武松也！”他这样反复地自我提示，自我造势，效果奇佳。不像黑旋风李逵杀了四只老虎，还自称黑爷爷长黑爷爷短的，令人只记得两柄板斧。不会制造神秘，更不会制造神话宣传包装，“铁牛”注定升不了掌柜。

古云，偏听生奸，独任成乱。谚云，穷人心多，病人心多。而古今中外的大小独裁者比穷人病人更心多，他们总怀疑有人背后说他们坏话。武家店的掌柜也毫不例外地神经质，且毫不例外地以家长里短来治天下。倘有哪个小人想使坏下毒，只要跑到武二那里附耳低言：某某说二爷在景阳冈看见大虫时吓出一身冷汗，而且两股战战，小便失禁……等着瞧吧，祸不旋踵，某某必定有“好果子”吃。武家店是说真话逆龙鳞者的死地，也是宵小们的乐园。人家武二早就打明叫响地说了：你不是有本事吗，但我哥武大那厢不要你；我收留了你，还不快纳头便拜感激涕零！

我曾在一篇短文中写过，“权”字怎么写，“权”是“又一木头”。“木头”是什么？“木头”就是赵匡胤的杆棒，武二郎的哨棒。不仅打一“木头”，而且“又一木头”，轮番打将下来，血肉之躯如何受得捶楚！武二郎敢放言“平生只要打天下硬汉”，真是掌柜的口气。不过，武二郎的“思贤若渴”，只是叶公好龙罢了——不仅叶公好龙，而且还要倚天屠龙！

《水浒》第二十四回写道，武大与武二是一母所生两个，武二身长八尺，相貌堂堂，浑身上下有千百斤气力；武大身不满五尺，面目生得狰狞，头脑可笑，诨名叫“三寸丁谷树皮”。虽然形貌各异，美丑分殊，但在荣升“店掌柜”之后嫉贤妒能方面，哥俩却是“当仁不让于兄弟”，不愧是一根娘肠解下的两个。然而，在排挤、虐待、打击、戕害贤能方面，武二毕竟多了“胸中丘壑”，另加一双“铁锤般大小拳头”，比乃兄力胜一等，技高一筹，那是何等威福英武，只是更阴了点。人多感叹造化弄人，武二弄人胜似造化。武二这店，比起十字坡孙二娘图财害命的黑店也好不到哪里去。武家店的宗旨，就是要凭借独门独院，让天下英雄好汉站着进去，躺着出来。倘若想站着出来，必须先从铲除分门别类的“武记店坊”做起。

然而，又谈何容易！

板桥越“狱”

清代“扬州八怪”之一的郑板桥，乃康熙秀才、雍正举人、乾隆进士，而康、雍、乾三朝正是文字狱大盛的时代，以板桥之不合时宜，竟未罹文网，实为异数。

鲁迅对清代的文字狱说过一句极深刻的话：“这些惨案的由来，都只为了‘隔膜’。”综观清代文字狱，粗粗归类，大致有三种情形：一为皇帝偶然发现，二为臣子揭发，三为自投罗网。除第二种外，其余两种都是由于“隔膜”所致。有的是因满汉文化之间的差异所造成的“隔膜”；有的竟是一些人怀着卑微的个人目的投献诗文，希望得到皇帝的赏识，却不料撞在了刀刃上（参见黄裳《笔祸史谈丛》）。

板桥则不然。

首先，板桥不易被皇帝发现。正如他的一方闲章所言，板桥一生做的最大的官不过是个“七品官耳”。“县门一尺情犹隔，况是君门隔紫宸”。远离皇帝，自然不为发现。不像弄臣沈德潜常常为乾隆代撰诗稿，却落得个剖棺戮尸。有人说因乾隆痛恨沈德潜泄露了代笔的机密而致祸，也有人说是因为沈德潜咏黑牡丹诗有“夺朱非正色，异种也称王”之句而构罪。我看二者是因果关系。近水楼台，得便宜自然方便，致祸也容易得很。俗谚云：龙无恩，虎无义。山高皇帝远，龙虎何有于板桥？

其次，板桥不值得鹰犬们揭发。在历朝历代文字狱中，有不少是政治斗争的牺牲品。板桥曾给他的弟弟写信说：“初志得一京官，聊为祖父争气，不料得此外任……”对作一县令表示了深深的失望。试想板桥当年踌躇满志得一京官，参照“清风不识字，何故乱翻书”即可兴狱被戮之例，随手从板桥诗中拈出“半饥半饱清闲客，无锁无枷自在囚”，“咬定青山不放松，立根原在破崖中”，“栽得数枝清瘦竹，明年砍去作鱼竿”，“且让青山出一头，疏枝瘦干未能遒；明年百尺龙孙发，多恐青山逊一筹”等诗句，只要鹰犬们出于政治斗争的需要，将诗中的“清（青）”字与清王朝的“清”字生发联想，指出诗中有“清”亦有“明”，“青山”不过是“破崖”，那么，板桥即使长着10个头颅，也早小命不保了。幸亏板桥从24岁中秀才到44岁中进士，直到6载后年过半百才补了个知县的缺，而且在知县任上一蹲就是12年，仕途蹭蹬，一阶未进。这种情况，让同僚们同情还同情不过来，谁肯浪掷光阴去告发他？

再次，板桥决不去自投罗网。这由他的个性所决定。板桥一向“自负太过，漫骂无择”，常常“如灌夫使酒骂座，目无卿相”，因而，决不会向皇帝投献邀宠撒娇卖乖去。如果板桥也像清朝某些官员热衷巴结皇帝，一时冲动利令智昏，将自己手书的最为得意的条幅“难得糊涂”敬献圣上，必将落个一刀两断身首异处！清统治者本是来自关外的游牧民族，一向忌讳“胡”字、“虏”字、“戎”字，甚于阿Q之讳光讳亮。文网除网罗政治犯，也往往网住一些自作聪明的书呆子。板桥虽是真正读书种子，但却一点也不呆。他知道拍马屁不是好营生。因而，“乌纱掷去不为官，囊橐萧萧两袖寒”是他的必然归宿。

然而板桥又绝对不与那个时代同流合污，他要发出自己的声音。

他在评价前人王维和赵孟頫时说：“若王摩诘、赵子昂辈，不过唐宋间两画师耳。试看其平生诗文，可曾一句道着民间痛痒？”可见他是主张“批判现实主义”的。当时的“现实”是一家一姓的天下，批判“现实”，就是“将矛头直指上峰”。他还自称：“凡吾画兰、画竹、画石，用以慰天下之劳人，非以供天下之安享人也。”明确指出“文艺为普天下劳苦大众服务”，置清统治者于何地，不言自明。仅以板桥那丫丫叉叉的“六分半书”怪字，清王朝就足可判他个“对现实强烈不满”的“现行反革命罪”，杀他没商量。可是郑板桥张扬个性为诗为文作书作画游刃有余于康、雍、乾时代，却没有落入文网，真是奇迹。

正因板桥越“狱”，遂以布衣雄世。

耳朵吃什么？

我的一位叔叔是个老中医，很爱琢磨事情。他曾对我说，人的五官长得很有意思：两只眼睛，看好事也看坏事；两个鼻孔，闻香的也闻臭的；两只耳朵，听好话也听赖话；只有一张嘴巴，除了吃饭，说话要算数。“说话要算数”，不仅强调要说真话，还强调无信不立，做人就要像《史记·游侠列传》中的游侠儿，言必信，行必果，重然诺。不过，我叔认为五官中具有吃功能的只有一张嘴巴，似可商量。比如，眼睛也吃——秀色可餐，耳朵也吃——不是有“耳食”之说吗？

那么，耳朵吃什么？

耳朵很挑食。

第一，吃软不吃硬。举例说吧，我前些日子回某市办理调动手续，到人事局取资料，看到不少人围着一个人某科长长某科长短地叫，一边点头哈腰，一边敬烟。被称作某科长的那位虽然暂不办事，但总是呈现着一张笑脸，永不走样。看着某科长长时间侃大山闲聊天，我说，您能否帮帮忙，办完事再聊天？某科长那张蒙娜丽莎永恒微笑着的脸陡然变色，使我用了三天时间费了九牛二虎之力方才盖完一个公章。唉，“食不厌精，脍不厌细”，某科长们的耳朵专拣柔软滑溜些儿的吃，如此偏食，日久天长必然养娇了耳朵。我天生一张乌鸦嘴，不碰钉子便碰壁，自是活该。

第二，吃麻不吃辣。我们家乡有个笑话，说某人做官提升得快，老婆问他有何诀窍，他说他的法宝是“好马快刀”。问他骑的什么马？吹牛拍马。使的什么刀？两面三刀。的确，擅长两面三刀的吹牛拍马之徒，在上司面前专拣肉麻好听的说，如吴侬软语，似切切情话，莺歌燕舞，千娇百媚，耳朵听了能不受用？说真话就不同了，既没有那般声口，也不会那番做工，直截了当，一针见血，诤言逆耳，尖锐辛辣，也难怪人们的耳朵挑三拣四吃麻不吃辣了。不过，谜底揭穿了，拍马的目的是为了骑马。否则，人家挖空心思积攒了那些麻酥酥的好听话，为何偏偏讲给你听？难道怕你那双娇贵的耳朵饿出“耳溃疡”来不成？

第三，吃肥不吃瘦。关于这一特性，有一首古散曲概括得很精当，谨录如下：

【耍孩儿】

无钱啊，思量泪打腮边转，愁恨情怀怨什么天！光阴世事多更换，有钱呵，红缨白马人称羡；无钱呵，罄手空拳骨肉嫌，衣衫褴褛人轻贱。有钱呵，胡言乱语全有理；无钱呵，说出立国机关总枉然。到如今参透了人心面，有钱的人前说好，无钱的怎敢当先！

我曾跟朋友们开玩笑说，世界上什么眼最好看？不是丹凤眼，不是杏壳眼，而是“钱眼儿”。有些人的耳朵就好像是从钱眼儿里长出来的，食性极刁，吃肥不吃瘦，认钱不认人。

第四，吃上不吃下。也许有人会说，软硬、肥瘦、麻辣好理解，这上下如何个吃法？据报载，今年长江沿岸发大水，受灾某县有个女孩子考上大学。一位高级领导知情后说，一定要让这样的孩子上大学。就这么一句话，被该县领导“耳食”了。他们立即决定，由县长亲自率领一班人马敲锣打鼓护送女孩入学，并宣布她上大学四年的全部学费和生活费用由县财政负担。虽说这与那位高级领导的初衷相违背，但该县的领导的确听觉灵敏，反应神速，只要是上边的话，他们的耳朵便能及时“吃”住，深刻领会，超常发挥，甚至不惜闹出笑话、演出闹剧来。然而，这种笑话，这类闹剧，又岂止该县所独有！

每一个人的耳朵都有自己的食性。

我们从小到大，耳朵听到的，书上看到的，大多鼓励说真话。但你想说真话，还得遇到听真话的耳朵。1995年我在《战略与管理》杂志做编辑。其时，美国著名经济学家克鲁格曼教授在《外交》季刊撰文指出，东亚经济繁荣不过是个纸老虎，用不了多久就会崩溃。这话自然大逆亚洲政治家和经济界人士之耳，连我国的一些经济学家也“义”形于色，群起而攻之，斥骂克氏纯粹是一种阴暗的嫉妒心理。可是才不过两年，东亚经济吹起的泡泡真的崩裂了，我们的经济学家也随即哑口无言了。今天回过头审视一下：三年前，亚洲可曾有哪一位政治家的耳朵听进了克鲁格曼的预言呢？

冯梦龙在《挂枝儿》一书中说过，人有几个“劝不得”，如吝啬，如好色。近年官场常有因贪财好色而翻船落马的“59岁现象”，想在下台前最后捞一把，失了晚节。劝不得，听不进，往往误了卿卿性命。按照孔夫子“六十耳顺”的说法，人活到60岁才长出两只听得进不同意见的耳朵，那未免太晚了。古人所谓聪明，包含着耳聪目明的意思。我叔还说过，人常说睁一只眼闭一只眼吧。你想想，人在什么状态下才睁一只眼闭一只眼呢？打枪的时候，放箭的时候。那种睁一只眼闭一只眼的态度，也许正包藏着祸心，想看着你落井。不管别人睁一只眼还是闭两只眼，我们自己要睁开两眼看世界。同样，人长着两只耳朵，不仅光吃软的、肥的、麻的和上边的精神，也要吃得消硬的、瘦的、辣的和来自民间的声音。不要一听到不同或者相反的意见，就装聋作哑，甚而恼羞成怒。要知道，挑食的耳朵，很容易自食其果。

谈表现

如果你打算在某个机关工作相当长的一段时间，那么，摆在你面前的两个现实是："熬"和"表现"。

被动一点的是熬。从二十出头大学毕业分配到机关，兢兢业业熬年头，一直熬到发苍苍而视茫茫而齿牙动摇，临到退休回家抱孙子时分，还没有混出个人模狗样的小干事者，大有人在。想想古人大放"三十功名尘与土"之厥词——三十啷当即功名赫赫，还流露出那么一丝丝的倦意来，不禁令人由羡生嫉，感慨唏嘘。——这个熬字，不说也罢。

主动一点，进取一点，积极一点的，就是表现了。所谓表现，也还离不开熬，是在熬之基础上的表现，或者说是抱着边熬边表现的态度，尽人事而听天命，胜固可喜，败亦欣然。临死的时候，他可以平静地面对妻儿，说：我已经尽心尽力了。

也有那特别地积极、进取、主动表现的，为表现旌表，为表现献身，不成功便成仁，其行为可感，精神可嘉，不屈不挠，孜孜以求。为此，在下斟酌再三，觉得有必要对表现做一点粗浅的探讨与研究。撮其要旨如下：

一、何为表现？表现者，表面现象也（俗称耍眼前花）。耍眼前花嘛，不管骨子里盛的是什么货色，端出台面给人看的，总是赏心悦目、光艳照人的一面。但耍家们从不说“耍”，为严肃起见，名之为表现。“周公恐惧流言日”，说明表现尚未成功，周公仍需努力；“王莽谦恭未篡时”，乃是表现圆满成功的绝佳范例。（关键词：表面现象）

二、为何表现？为了利益。同志们的表现欲之所以强烈，是因为表现与利益挂钩。提干，入党，调资，分房，选先进，评职称，无不与表现相关。我们乘火车旅行，经常可以看到这样的景象：一些女士和先生——尤其是先生们，萍水相逢，便放言无忌海阔天空地大吹其牛皮。其实，平日在自己的单位里，他们未必那么谈锋雄健、不着边际，也许恰恰相反——活得谨小慎微、战战兢兢。没有利益所系，便没有了作真诚状的表现，有的只是虚荣的即兴表演。如果说表现规范了人们的行为，同时，它也造就了一茬又一茬的变色龙和伪君子。（关键词：利益）

三、表现给谁看？谁掌握着生杀予夺的大权，就去挖空心思迎合谁，就去见缝插针、对症下药地表现给谁看。黄永玉先生在《芥末居杂记》里讲道："武松为官，凡制哨棒艺精者，赏金百两。李逵为官，凡制板斧艺精者，赏金百两。张青为官，凡种大白菜过四十斤者，赏金百两。……"重赏之下，必有上佳之表现：在武松手下的，制哨棒；在李逵手下的，制板斧；在张青手下的，种白菜。且均作竭诚热爱、舍命卖力、

精益求精状。而况，既在矮檐下，怎敢不表现？“白衣秀士”王伦当权时，林冲不就是这么表现的吗？（关键词：白衣秀士）

四、怎样表现？据人们口耳相传，表现的精义，一为装孙子，二为夹起尾巴做人。其实，这点末技，仅限于表现派里的一支——婉约派常用，而气象更大的豪放派，功夫更加深厚，惜乎不肯传人。后经香港“狗仔队”摸底，原来二派乃连锁递进关系，具体表现为——初期：早到晚退，拖地打水；点头哈腰，咧嘴便笑；团结群众，“蜜舔”领导。中期：吹喇叭，抬轿子，打小报告，当狗腿子。后期：晓之以利，动之以钱；搞点伟哥，送个小姐。总而言之，越是为人所不齿、为人所唾骂之事体，越要鞍前马后、事必躬亲，表现的力度就越大，成果也就愈加显著。前边所引黄永玉先生之文中的“……”部分，写出来是：“阮小七为官，凡潜入水底一炷香者，赏金百两，捆绑掷入江中，金收回。”倘遇上七爷这样率直的官员，那是福气呀，你的表现手段千条万绪、归根结底就是一句话“奉上银子”，免却了多少皮开

肉绽、手忙脚乱、闪转腾挪、抑扬顿挫！（关键词：装孙子、上银子）

五、何谓表现不好？表面现象（或耍眼前花）做得不够成功、玩得不到火候，叫作表现不好，私下里也叫不会来事儿。套用俄国大文豪托翁的一句名言：会表现的同志大致相同，不会表现的同志各有各的不幸。我在这里只举一例，大家凭悟性去举一反三吧。却说某王姓女领导是个“事儿妈”，部属们私下里都叫她王妈。有位刚分配到王妈麾下的大学生，不知哪个地方一不留神触怒了王妈，后经人点拨，茅塞顿开，悔恨交加，很想瞅个机会在王妈面前着实表现一番。恰逢年终单位聚餐，该生频频为王妈敬酒，盛汤，加饭，谁知在盛甲鱼汤时不小心，盛入几粒绿豆大小的黄色小颗粒（据说是王八的蛋），当即有人听见王妈低声怒詈：你才是王八蛋呢！看看，多悬，多不走运，溜沟子不成，反倒闪了舌头。不久，该生便因为“表现不好”被辞退。（关键词：不会来事儿）

六、表现之意义何在？或曰，你把表现说得如此不堪，那表现还有什么意义呢！不，不不，意义重大，意义重大。到什么山上唱什么歌，这叫遵守游戏规则。我们从小到大，在学校里填写的各类表格，都有“表现”一栏，评价着你，规定着你，威胁着你，制约着你；等到走上社会，又有一个如影随形的鬼一样跟着你的牛皮纸档案袋，里面的各种表格同样都有“鉴定”一栏，用“该同志在本单位的一贯表现……”这样的话语，褒贬着你，升降着你，左右着你，悲喜着你。在一个要求德智体全面发展的美好社会里，这个德字是放在第一位的，而且也是软性的，很难用一个具体的尺度来衡量。不过，你不用发愁，多少年前我们就已经设定好了标准与依据：德之优劣，重在表现嘛！（关键词：档案袋）

唉！人在机关，身不由己。不表现，只有熬。倘有不情愿“死鸡儿熬白菜”的，不甘心“多年媳妇熬成婆”的（眼见着没熬成婆的比比皆是），因此而激发出强烈的进取心和热切的表现欲的同志们，想从我的这篇小文里寻找门径，登入堂奥，我只能说声抱歉了。

“纸上得来终觉浅”——我是说，真知来源于实践，至于临场怎样发挥，如何表现，全看阁下临门一脚的功夫喽！

谈是非

是可是，非常是；非可非，非常非。

那么，什么才是是非？叫俺说——

利益就是是非。实事求是地讲，有人的地方就有斗争，就有矛盾，就有左中右，就有是非。是非无时不有，无处不在。是非是一种客观存在。是非的客观标准，乃视客观利益而定：只要对俺有利的，俺就说它是是；只要对俺没利特别是对俺的利益有损害的，俺就说它是非。这个是非的客观标准嘛，是以俺的个人意志——

不，是以俺的个人利益之具体得失为转移的。所谓是非，就是以俺为圆心，以俺的利益为半径，画圆——内是外非。

合作就是是非。众人拾柴火焰高，团结起来力量大，俺就是要大力提倡合作精神。你与俺精诚合作，肯为俺流汗出力把柴拾，你就是做了最明智最正确的选择，你就是是；你不与俺合作而与他人合作，为他人拾柴让他人火焰高，你就是违反合作精神，你就是破坏团结，破坏团结也就等于破坏安定团结（的大好局面），你不是混账、不是“非”，是什么！你与俺合不合作，是个关系到是非的根本问题，是个原则性的大问题啊。

需要就是是非。俺经常对人讲，什么是美？需要就是美。什么什么？废话！俺不需要你，你还能美气吗？所以嘛，俺需要你，你就是能人，你就是完人，你就是水晶心肝玻璃人，你就是是，俺就把你夸成一朵花，奉为一尊神；俺一旦不再需要你，或者说你已经不适合俺的需要，你就是个混混，你就是非，你就趁早歇菜吧！你就识相点夹着尾巴消失吧您哪！

态度就是是非。关于是非的问题，说透了也是个态度的问题。你对俺谦恭一点，乖巧一点，怯生生一点，手足无措一点，俺就觉得你是；反之，俺就觉得你狂妄，就觉得你不识好歹，就觉得你无以复加地非！当然，这个是非问题嘛，从来就不是一成不变的，所谓“此亦一是非，彼亦一是非”，说的就是这么个理儿。识时务者为俊杰，只要你的态度能够及时转变，脑筋能够急速转弯，认清形势，跟上步伐，俺的是非标准也是会相应地做出调整的。是是是非，何去何从，阳关道与独木桥，两条道儿任你挑。

模糊就是是非。模糊是是非的精髓。谁要是不懂得是非的模糊性，谁就根本不配谈是非。花非花，雾非雾，似是而非，似非而是，那效果，蒙太奇，绝佳！尤其在处理具体的是非问题时，俺一贯采取“和稀泥”的模糊手法，有时也不免揣着明白装糊涂（俗称“装孙子”），睁着眼睛说瞎话（北京土话叫“瞎掰”），以混淆视听，模糊是非。倘有哪个“二百五”“一根筋”，硬铮铮地站出来，非要辩清个是与非，俺只消不屑一顾地挥挥手说，“本来无是非，庸人自扰之”，“来说是非者，便是是非人”，他便顿时感到自惭形秽，无地自容。不战而屈人之兵，乃善之善者也。

家长里短是最大的是非。俺大小也算个领导，是领导就要“兼听则明”。有些领导，对那些跑小腿儿的，传闲嘴儿的，两面三刀的，搬弄是非的，总是持一种批评的态度、排斥的态度、否定的态度。可俺却非常体谅这些人的苦衷，宽容并默许他们的言行。不然的话，对于单位里那些芝麻绿豆蒜皮事，俺怎能够“春江水暖鸭先知”？俺如何去了解“阶级斗争新动向”？俺凭什么神速地搞起了“十来个人七八条枪”？实话告诉你吧，端赖此君。家长里短有政治啊。多少年来，俺高超的领导艺术广为人所称道，岂不知，俺就靠家长里短治天下。正是这些飞短流长的宝贵信息，为俺提供了上下其手、翻云覆雨的决策依据。

俺就是是非。归根结底，在俺这二亩三分地里，谁是是非标准？舍俺其谁欤！古代的皇帝发明了一种“可恶罪”，俺今天又把它发展、提高到了一个崭新的阶段：

说你是，你就是，不是也是；说不是，就不是，是也不是——也就是非。俺看你顺眼你就是，俺看你不顺眼你就非。俺把一切是非的最终解释权，牢牢地攥在手心里，信口雌黄，颠倒是非。有谁胆敢跟俺争一是，俺就派他全是非，俺就一门心思把他搞得体无完肤面目全非！即使他逃离了俺辖下的二亩三分小天地，也逃脱不了俺专门为他量身定做的“弥天大非”！俺还会请客送礼，合纵连横，调动一切能够调动起来的消极因素，把他整治得不死也要掉层皮！

也许有人会说，如果是非真的成了这么个鸟样，那岂不成了狗屁都不是！——哼，理他呢！俺牛逼哄哄地活了这大半辈子，最不怕的就是招惹是是非非！

说“正”

每一个汉字的组成结构部分，往往都包含着丰厚的意蕴。“正”字由“一”与“止”构成，故其本义乃“守一以止”。东汉许慎《说文》讲：“正，是也。从止，一以止。徐锴曰：‘守一以止也。’”

那么，“一”是什么？何以守“一”？

关于“一”的解释，《说文》讲：“一，唯初太始，道立于一，造分天地，化成万物。”其大意与老子《道德经》之“道生一，一生二，二生三，三生万物”相近。然而，对于“正”字头上的“一”来说，这个解释似乎有点玄奥抽象。我倒觉得，由于《周易·乾卦》的六个阳爻，是由六个“一”组成的，因而“一”体现的正是乾卦的意象和精神，即《周易·乾卦·文言》所阐释的“大哉乾乎！刚健中正，纯粹精也”。故愚以为，“一”的本义乃“刚健中正”。

“天地有正气，杂然赋流形。”对生长于天地之间的人来说，“刚健中正”的“正”来自“中”，正气来自中气，中气源自养气，诚如孟子所谓“我善养吾浩然之气”！儒家讲正心诚意，修齐治平，就是从自身的“养中持正”做起，蕴藉涵养胸中之正气，氤氲醇化为道德、智慧和力量，不仅德润自身，裨益家庭，而且成就事业，造福人民。《周易·坤卦·文言》描摹的便是这一美好愿景：“君子黄中通理，正位居体，美在其中，而畅于四支，发于事业，美之至也！”

然而，美则美矣，须尽善也。理论不能只停留于理论阶段，理想也不能仅止于理想化。迄今为止，在我塞北老家的许多村庄，每逢村干部换届选举以及其他事宜的投票活动，仍然沿用老辈人传法，用毛笔或者粉笔，在木板抑或黑板上，画下一个个“正”字来计票。这种计票方式，至今在基层选举中依然运用得很普遍。倒不完全因为“正”字恰好五画方便记数（田地的田字和公平的平字，不也都是平平正正的五画嘛），其注重并寻求的正在于“正”字所蕴含的传统政治文化意义。

孔子曰：“政者，正也。”政治的全部要义就在于一个“正”字。而“正”者“守一以止”，当“止”于“刚健中正”。“刚健”乃精诚坚守，一以贯之；“中正”乃公平正义，一身正气，故《公羊传·隐公三年》曰：“君子大居正。”至于“守一以止”的“守”，对为政者来说，既要求秉持公道正义，不越雷池半步的操守与坚守，亦包含我疆我理守土有责，对岗位事业的担当与使命。特别是各级机关单位的“一把手”——尤其是主政一方或一个方面的主官，“一”与“正”一身双荷，担子艰巨，责任重大，位高权重，影响深远，在其能否“守”“止”之间，不仅关乎一己之荣辱，同时还关系到一项事业的成败，关系到一方土地乃至一个系统的安危。《诗经·小雅·小明》有言："嗟尔君子，无恒安息。靖共尔位，好是正直。"叮咛为官者，不敢躺在椅子上偷安享乐，尸位素餐，要郑重地对待自己的位置，虔敬地守护好自己的位子——怎么才算得"好"呢？换言之，"好"的标准和标志是什么呢？最根本最核心的两个字就是"正直"。自正为"正"，正曲为"直"；既要正己，又要正人；自身不正，何以正人？

《说文》讲，"正，是也"，"是，直也"。"正直"乃人间康庄大道。《诗经·小雅·大东》云："周道如砥，其直如矢。君子所履，小人所视。"前两句讲公平正直，后两句讲自正正人。正直与正义是行动中的真理。既然"正"者"守一以止"，就应当真真正正、不折不扣地"守"住底线，"止"于界限，这对为官施政者来说，尤为重要。因为"政"与"正"相较，多了一个反文旁——该偏旁古字写作"攴"，音义皆如"扑"，甲骨文象以手持杖，意为敲打、敲击、打击。所以，监督、约束、制约乃至惩治、法治、制裁等，本来就是"政"字题中应有之义。

俗话说："出家如初，成佛有余。"可见"止一"

不易，“守一”更难，更何况有人是明知故犯，“知易行难”。倘若有的人，特别是官员，不甘“守”，不愿“止”，不肯“养中持正”以厚德载物，不能“刚健中正”以自强不息，必然失之毫厘，谬以千里。现实中有太多反面教材给人以警示：迷失航向、偏离正道、贪赃枉法、行险侥幸者，不仅如《周易》之所言“不恒其德，或承之羞”，还会像谚之所云“一失足成千古恨，再回头已百年身”！车尔尼雪夫斯基在《怎么办》中讲过：“人一正直什么都好了。这一条简明的原则，便是科学的全部成果，也是幸福生活的全部法典。”

其实，做人做官，一个道理。

须从规矩出方圆

凡事都有规矩，不以规矩，不成方圆。规矩既是规范、法则，也是标准、尺度。做人有行为规范，做事有游戏规则。《管子·法法》说得好："虽有巧目利手，不如拙规矩之正方圆也。故巧者能生规矩，不能废规矩而正方圆；圣人能生法，不能废法以治国。"所以，尽管规矩也需要视时立仪，与时俱进，需要不断地修改修订，创新完善，然而却不可以一日无规矩，更不能不懂规矩，不讲规矩，不守规矩。古人有言，世有乱人而无乱法。古谚亦云，曲木恶直绳。可见，规矩不仅是方法论，亦含有世界观。

传统文化意义上的规矩，主要体现在“礼”与“法”两个方面。礼者，履也，礼仪三百，威仪三千，文绉绉的，是软规矩。法者，刑也，人心似铁，官法如炉，威赫赫的，是硬规矩。礼无不敬，法无不肃。礼的核心是敬——敬重，敬畏，表现于对万物的尊重；法的核心是肃——肃然，肃杀，表现于对法律的戒惧。有道是，礼禁未然之前，法施已然之后。换言之，礼与法的价值实现，以是否“犯法”为疆界，它是一个是否对当事者及其亲属乃至社会构成伤害，以及是否造成耗费公共资源、增加执法成本，从而涉及伦理、文化、政治、经济等社会多方面的大问题。谚云，礼从俗，事从官。“俗”指风俗习惯，是礼的范畴，是长期以来家风民俗耳濡目染、文化熏陶润物无声而形成的软规矩；“官”指政事官法，是法的范畴，是为维护公平正义、保护生命财产、打击犯罪活动而制定的硬规矩。故曰：礼制君子，法制小人。

不管是软规矩，还是硬规矩，其目标在于规范；规范之手段，在于赏罚；赏罚之本，在于劝善惩恶。俗话说，赏先远，罚先近。《左传·昭公五年》亦云：“为政者不赏私劳，不罚私怨。”《韩非子·有度》亦曰：“刑过不避大臣，赏善不遗匹夫。”否则即如《管子·版法》所言：“喜以赏，怒以杀，怨乃起，令乃废。”所以说，法律者，公器也；赏罚者，利器也。若赏罚不行，则诸事难成。正由于此，自古以来凡制定良法者，必定还要考虑到它的可操作性和实施效果，故须谨慎研判，反复推敲，吟安一个字，拈断数茎须，断不敢轻率地制定出台什么这规矩那法令。据《论语·宪问》记载：“子曰：为命，裨谌草创之，世叔讨论之，行人子羽修饰之，东里子产润色之。”讲的是春秋时期郑国起草政令法规，裨谌等四位贤大夫一齐上阵，八仙过海，各显其能，反复地磋商研讨，然后形成完美文本。这是多么审慎而严谨啊！

《尚书·大禹谟》有言：“刑期于无刑。”意谓用刑的目的是将来不再用刑。这是先哲们的一种伟大而悲悯的情怀。同理，立规矩也是为了培养人们守规矩的自觉性。人心中的这种宝贵的自觉意识，明代大儒王阳明先生称之为“良知”。他在《别诸生》诗前四句写道：“绵绵圣学已千年，两字良知是口传。欲识浑沦无斧凿，须从规矩出方圆。”规矩，从来就不是目的；规矩只是工具，礼法是其内容，赏罚是其手段，方圆才是它的目的所在。所谓方圆，就是依照一定的规矩，公平、公正、规范、合理、持久、高效地做事（包括行政）。方圆是规矩的出发点和落脚点。不能“出方圆”的规矩，是一种迟早要废弃的工具；不能“行方圆”的人特别是官员，终久会领教硬规矩的刚性。好官必然是规矩的遵循者和方圆的践行者。好官是看得见的哲学。

第二辑

说追求

谈理想

俗话说："山上石多金玉少，世上人稠君子稀。"人世间可以称得上美的事物本来就不多，即如美政、美誉、美德、美文、美景、美酒、美玉、美人等。不过，笔者认为，对于人的一生来说，最美好的事物，莫过于拥有远大而崇高的理想。

关于什么是理想，言人人殊。但人们大多会认同这样的说法：理想中啊，满满地蕴含着真善美的正能量。黑田鹏信说："真善美即人间理想。"爱因斯坦也说：

“启发我并永远使我充满生活乐趣的理想是真善美。”没有对真善美的强烈憧憬和不懈追求，没有怀揣着崇高理想的人生，是空虚而无聊的，也是迷惘而痛苦的。

没有理想，就会迷失前行的方向。中华传统文化中的理想，包含在一个“道”字内。所谓求道，就是求真理，就是对崇高理想的探求与追寻。“道”本是综括万事万物运行之轨道和轨迹的总称，它被我们的先哲概括为反映自然界和人类社会变化规律之真理。故《易传·系辞上》曰：“形而上者谓之道，形而下者谓之器。”孔夫子更是反复地讲，“君子忧道不忧贫”，“笃信好学，守死善道”，“志于道，据于德，依于仁，游于艺”，“朝闻道，夕死可矣”，等等，强调的就是求道，亦即胸怀理想，追求真理，对于人生的至关重要性。作为社会政治伦理层面，道又被分解为以“仁”为核心的“五常”，即仁、义、礼、智、信，它是中华传统文化的普世价值。道有正道与非正道之分。《孟子·离娄上》引孔子语：“道二，仁与不仁而已矣。”仁者躬行正道，所谓“守死善道”，为人生树立标杆，对社会传播正能量。有理想的人，具有明确的方向感、坚定的行动力和深刻的感召力，他们的嘉言懿行，对社会人群具有很大的正面影响力。常言道，榜样的力量是无穷的，而坏榜样的力量则是贻害无穷的。不仁者不行正道，他们“不耻不仁，不畏不义，不见利不劝，不威不惩”（《易传·系辞下》）。由于他们缺乏远大理想而缺少远见卓识，恰如俗谚所谓“麻雀肚，老鼠眼，吃不多，看不远”，不仅不能“守死善道”，相反却是见利忘义，背“道”而驰，因利欲熏心随波逐流而失却方向感，故其行为多是“盲人骑瞎马，夜半临深池”，危乎殆哉！

没有理想，就会缺乏恒久的动力。美好的理想，是人们向上向善的人生观、世界观和价值观的集中体现，亦即“仁”的具体展现。就像桃仁、杏仁、瓜子仁具有生命力和生长力一样，包含在“道”中的“仁”，同样具有生命力与生长力。而理想本身就包孕着生命与力量。设若心中诞生一种崇高的理想，就会产生一种磅礴的力量！在中华传统文化中，对于拥有远大理想的人，既有“五常”之精髓“智、仁、勇（勇亦包含于义中）”

的要求，亦有对士君子的“弘毅”之考量。孔子曰：“知者不惑，仁者不忧，勇者不惧。”这是孔子对怀抱理想的君子人格的最高评价。孔子的弟子曾子亦云：“士不可以不弘毅，任重而道远。仁以为己任，不亦重乎？死而后已，不亦远乎？”所谓“弘毅”，“弘”是人的格局和境界，“毅”是人的意志和品质。心中有理想，人生有力量。正如屈原《离骚》所谓“亦余心之所善兮，虽九死其犹未悔！”对于理想可以产生力量，西方哲学亦有类似表述。培根说：“人心中拥有神圣的理想和信仰，就可以激发出无限的意志和力量。”居里夫人也说：“我们应该从理想主义中去汲取精神上的力量。”试想，没有崇高理想的人，整日里心猿意马、追腥逐臭、朝三暮四、蝇营狗苟，胸中哪里还会产生坚定的信念和持久的力量呢？

没有理想，就会丧失做人的底线。汤之《盘铭》曰：“苟日新，日日新，又日新。”美好理想的现实意义，就是总使人向前看，向上看，永在提升，永不沉沦。陀思妥耶夫斯基说过：“没有理想，即没有某种美好的愿望，也就永远不会有美好的现实。”车尔尼雪夫斯基也说：“人的活动如果没有理想的鼓舞，就会变得空虚而渺小。”就拿这些年纷纷落马的贪官为例吧。他们贪污扶贫款、救灾款，可曾有一丝半毫的恻隐之心？他们搞权钱交易、权色交易，可曾有一时半刻的羞恶之心？他们结成团伙，争权夺利，可曾有一鳞半爪的辞让之心？他们人搞裙带关系、任人唯亲，可曾有一星半点的是非之心？孟子曰：“恻隐之心，仁也；羞恶之心，义也；辞让之心，礼也；是非之心，智也。”还说：“无恻隐之心，非人也；无羞恶之心，非人也；无辞让之心，非人也；无是非之心，非人也。”贪官污吏们悖逆“五常”，道德沦丧，毫无理想信念，故屡屡突破做人的底线。由于理想在“道”之范畴，遵道而行谓之“德”。老子曰：“道生之，德畜之……是以万物莫不尊道而贵德。”德者，得也，长期遵道而行，必有丰厚的获得感；反之则是“五心不定，输个干净”！孔子曰：“人能弘道，非道弘人。”管子亦云：“道德当身，故不以物惑。”人是理想的主宰，理想越崇高，生活越纯洁。而美好的理想，本身就是一种自觉而高尚的道德律。管却自家身与心，胸中日月常新美。

理想是生活的灯塔，理想是生命的光芒。人生在世，无论何时，心中要有梦，有梦才会赢。孟子曰：“君子之志于道，不成章不达。”苏格拉底也说：“世界上最快乐的事，莫过于为理想而奋斗。”美好的理想，不仅是为美好的目标而设，更是用来通过不懈的奋斗而实现的。《左传·襄公二十四年》提出“立德、立功、立言”的“人生三不朽”的崇高理想。而那些彪炳青史、抒写不朽人生的人，之所以生命之树常青，是因为理想之花永红！

说追求

追求就是坚持选择，坚守心灵，而生活中最艰难的便是选择，更别说坚持和坚守了。孔夫子弟子三千，贤徒七十二,最杰出者也只有寥寥十人——后世称之为“四科十哲”——子夏便是其中之一。就是这样一位矢志求道的贤哲，面对现实中豪门巨室、宝马香车，红男绿女、花花世界，一时竟不知如何选择，作何追求。

司马迁在《史记·礼书》中写道：“自子夏，门人之高弟也，犹云‘出见纷华盛丽而说，入闻夫子之道而乐，二者心战，未能自决'，而况中庸以下，渐渍于失教，被服于成俗乎？”据孔子的另一位高足颜回所言，夫子讲道“循循然善诱人，博我以文，约我以礼，欲罢不能”，按说是很能吸引、感染、折服、归化弟子的。然而，子夏一见“纷华盛丽”即生艳羡，手摹心追，头晕目眩，现实和理想打架，选择与追求纠缠，奈何奈何？这种心灵上的纠结，在孔门弟子中绝非子夏一人。有的弟子甚而放弃当初的美好追求，跟现实达成某种程度的妥协，与世俯仰，随波逐流，甚至附依权贵为之聚敛，乃至于遭到孔子怒斥：“非吾徒也。小子鸣鼓而攻之，可也！”正因如此，太史公司马迁才扼腕长叹：“仲尼没后，受业之徒沈湮而不举，或适齐楚，或入河海，岂不痛哉！”

人是需要有一点精神的。人也好，社会也罢，一旦放弃向上向好的追求，立马就会下坡出溜一泻千里。好在子夏在一番焦虑纠结之后，终于回归“闻道而乐”，可谓自胜者强。据西汉刘向《说苑》记载：“孔子曰：‘丘死之后，商也日益，赐也日损。商也好与贤己者处，赐也好说不如己者。’”子夏（卜商）与子贡（端木赐），均在孔门“四科十哲”之列，论脑瓜子灵和嘴皮子溜，一般多认为子贡要更优秀一些。然而，子夏喜欢“上比”，愿意与能帮助自己提升道德学问的人交往；而子贡则喜欢“下比”。追求不同，结果自然迥异。在孔门弟子身通六艺的七十二人中，“唯子夏于诸经独有书”——只有子夏一人对“六经”进行了系统深入的钻研，分别有研究成果结集成书，并在黄河龙门一带身体力行，讲学布道，使儒家文化流布深远，泽被后世。

追求，也是一种自我评估、设计、期许和暗示。一个人的自我暗示，往往蕴藏着一种强大的力量和一笔丰厚的财富。吾虽生也晚矣，但见识过“心战未决”的人却太多太多了！他们大多在年轻的时候意气风发颇有追求，然而，随着岁月的流逝，日益放逐心灵，日渐放弃追求，在所谓消受生活、消磨时光的同时，反而被生活消受、被时光给消磨掉了。放弃总是要比坚守来得潇洒轻松一些。他们常常不无“洒脱”地说：得了吧，咱还是现实点儿好，追求理想能当饭吃？他们所谓的无所追求，其实也算是一种“追求”吧。

有选择，必有放弃；有理想，才有追求。有追求是一种健康向上的人生，它包含着坚守与担当。谚曰：“有勤心，无远道。”追求就是向着既定目标不懈奋进的一项长线的系统工程。《周易》云：“不恒其德，或承之羞。”那些个半途而废的所谓“追求”，就像是一摊半拉子工程，让人何以为情，怎堪回首！

说逆境

谁愿意在逆境中生存呢？如果一个人未来的生活、学习、工作乃至整个命运，可以任由自行抉择，我相信百分之九十九甚至更多的人，会毫不犹豫地选择顺境而拒绝逆境。

但是，如果你已然走过逆境，行到水穷处，坐看云起时，细细地咀嚼回味过往的生活，你不禁会摇摇头，莞尔一笑。

你会惊异地发现，顺境之顺，固然可以顺风顺水地做成不少事情。然而在很多时候，顺境之顺，看似红火热闹，实则干瘪荒凉，看似忙忙碌碌，实则碌碌无为。而且，顺境中的日子就像抹了油似的，又是那么滑溜溜地不经“过”啊——今年欢笑复明年，秋月春风等闲度，回眸一望，空空如也。孟子叫它“死于安乐”。

逆境则大不相同。逆境中人，往往受到了环境和逆势力的极限考验。深深地领悟到：什么叫生杀予夺；什么叫指鹿为马；什么叫薏苡明珠；什么叫忧谗畏讥；什么叫床头黄金尽，壮士无颜色；什么叫既在矮檐下，怎能不低头；什么叫君子得时如水，小人得时如火；什么叫嘴里念的金刚经，怀里揣的豺狼心；什么叫山重水复疑无路，柳暗花明又一村；什么叫尔曹身与名俱灭，不废江河万古流！

俗话说，力是压大的，胆是吓大的。逆境使人痛苦而深思，沉静而坚毅；抗击逆势力，又使人学会了制敌本领和斗争哲学。小自个人家庭，大到民族国家，逆境往往蕴藏着重大机遇，机遇本身又充满了严峻挑战。先哲云：不愤不启，不悱不发；恩生于害，害生于恩。

逆境与逆势力，实乃强者之“恩公”也。柳宗元《敌戒》说得好：“秦有六国，兢兢以强；六国既除，訑訑乃亡。”只要你坚守的是正义的，只要你的内心足够地强大，只要你具有顽强的耐受力与生命力，诚如庄子所谓“举世誉之而不加劝，举世非之而不加沮”，那么，逆境和逆势力愈是丧心病狂，就愈能激发出你的巨量潜能与惊人的爆发力，同时还会额外地赐予你一笔丰厚的精神财富。对于一个作家来说，还有比这更宝贵的收获吗？

尽管如此——逆境对人确实具有淬砺和磨炼的特殊功能，但是在正常的工作和生活中，如果可以避免，我是决不会选择逆境的。

从 1996 年春天，我挈妇将雏来到北京工作，屈指算来，已然走过二十个春秋。细数这二十个年头，时而顺畅，时而坎坷，一路迤逦走来，如鱼饮水，冷暖自知。然而，令人欣慰的是，却顾所来径——尤其是所经历的逆境，不管是我、夫人还是孩子，也不管当时的逆势力出于何种考量设计，但最终的结果却是出乎意料的：

家人更齐心，孩子更用功，朋友更纯粹，自己更本真，连平日波澜不惊的工作和生活，也变成了活色生香的文章本身。总之，春来遍是桃花水，不辨仙源何处寻！

我的作品《手记》，记录了我们和女儿这二十年的泪与笑。那些悲伤，那些欢欣，互相砥砺，互相支撑，共同走过，共同提升，遍历风雨，迎来彩虹！曾经有不少人问过我们，你们怎么调教出那么优秀的女儿？我不想伐功，更不愿矫情，我真不知道该如何作答。我只知道，在我人生最难最难的时候，当我长期失业窝在家里的时候，每天傍晚女儿放学进门欢快地叫一声爸爸，我是无比欣慰的；当我看见那一双明亮而纯洁的眼睛定定地望着我，我丝毫不敢怠惰，力量沛然而生！能够拥有一段充裕的时间，教女儿读书，给女儿做饭，送女儿上学，陪女儿散步，听女儿倾吐心事，为女儿答疑解惑，替女儿擦掉脸上的泪珠，跟女儿一起规划未来美好人生，相信这是普天下父母最幸福的时光。孩子经历过逆境能够迅速长大成人，大人亦可能在逆境中积攒成“富翁”。人生在世，遇人之不淑，遇人之艰难，可以将一天又一天的过得不容易，一点一滴地积累成日后生活的全部成就和美好；而“毁”人不倦、作威作福者的日子，则恰恰相反。《尚书》有言：“作德，心逸日休；作伪，心劳日拙。”而今，回顾检视我这大半生，如果敢说略有小成的话，确乎于逆境中获益多多，于顺境中收成寥寥。

究其因，逆境挤压人反省反思反求诸己，会让你瞬间变得沉稳而成熟。逆境所特有的凌厉刚性，较之庸常生活中温吞水大道理式的说教，更令人感受深切，刻骨铭心。逆境是人生最好的导师。孔子曰：“己所不欲，勿施于人。”王阳明亦云：“千圣皆过影，良知乃吾师。”走过崎岖方明白，逆境不仅能激发你的智慧和力量，同时也会唤醒你的良知与善良，使你油然而生发出更多、更大、更美好的希望！

说江湖

1. 前些时看到一则资料，说有一个外国青年因看了中国功夫片，觉得“江湖”十分好玩，并对“江湖”十二万分向往。他粗粗学了点中文，便来到中国寻找“江湖”。他逢人就问：“江湖”在哪里？他把“江湖”当作与西湖、长城、五台山、云冈石窟、少林寺等同一类的名胜景点理解了。

2. “江湖”一词最早见于《庄子·大宗师》：“泉涸，鱼相与处于陆，相呴以湿，相濡以沫，不如相忘于江湖。”

又曰："鱼相忘乎江湖，人相忘乎道术。"这里的"江湖"，指的是大自然中的"江湖"，即具体的江河湖海。"江湖"的这一含义，后世一直沿用下来。春秋时期的大富豪范蠡携西施五湖泛舟，《史记·货殖列传》记载："（范蠡）乃乘扁舟浮于江湖。"孟浩然的"日出气象分，始知江湖阔"，白居易的"与君何日出屯蒙，鱼恋江湖鸟厌笼"，指的就是大自然中的江河湖海。

3. 后来，"江湖"的外延逐渐扩大，泛指四方各地、大千世界、五湖四海。赵嘏的"岁月老将至，江湖春未归"，陆游的"利欲驱人万火牛，江湖浪迹一沙鸥"，黄庭坚的"桃李春风一杯酒，江湖夜雨十年灯"，以及俗话里的"走江湖""闯荡江湖""落拓江湖"，都是这个意思。"江湖"有时也指三教九流各色人等（多含贬义），如"江湖郎中""江湖骗子""江湖混混儿"和"老江湖"等。

4. "江湖"又是与"庙堂"相对而言的。范仲淹《岳阳楼记》中写道："居庙堂之高则忧其民，处江湖之远则忧其君。"这里的"庙堂"与"江湖"，只是"在朝”与“在野”之分。古代的不少文士，或无意于仕途，或在仕途失意之后，往往会找个安静的所在，栖居林野，放情山水。这是文人士大夫的“江湖”。苏轼的“江湖久放浪，朝市谁相亲”，陆游的“身处江湖如富贵，心亲鱼鸟待朋俦”，李商隐的“永忆江湖归白发，欲回天地入扁舟”，白居易的“昔为京洛声华客，今作江湖潦倒翁”，咏叹的便是文人的“江湖”。当然，此中不乏“撒娇”的成分。其实，纯粹意义上的文人“江湖”，是作为对抗“庙堂”而存在的，至少要与“庙堂”保持一定的距离。这就注定了它的“非正统性”，以及被边缘化的命运。

5.“情难消受美人恩，仗剑江湖为红颜”。金庸等人的武侠小说，营造了一个绿林豪杰、红颜枭雄们的理想栖居之地——“江湖”。在那里，看英雄“笑傲江湖”，看狗熊“笑凹江湖”，倾倒了无数众生。中国向来就有崇尚英雄和侠客的传统，从“风萧萧兮易水寒，壮士一去兮不复还”的荆轲，到“我自横刀向天笑，去留肝胆两昆仑”的谭嗣同，都让人感受到天地英雄气，千秋尚凛然！有道是，千古文人侠客梦。瘦瘦的诗人贾岛用纤笔抒写了不朽的《剑客》：“十年磨一剑，霜刃未曾试。今日把示君，谁有不平事？”最典型的要数李白在《侠客行》中所描绘的：光彩照人的侠客——“赵客缦胡缨，吴钩霜雪明；银鞍照白马，飒沓如流星”；敏捷的身手及行藏——“十步杀一人，千里不留行；事了拂衣去，深藏身与名”；已诺必诚的信义与豪情——“三杯吐然诺，五岳倒为轻；眼花耳热后，意气素霓生”；值得永远铭记与歌颂的任侠精神——“纵死侠骨香，不惭世上英”！侠客，在诗人笔下寄托着一种行侠仗义、伸张正义的高贵精神。

6. 一部《水浒传》写尽了游民的“江湖”。鲁迅指出，“水浒气”就是“流氓气”。其实，“江湖气”又何尝不是“流氓气”？看看《水浒传》第二十八回是怎样描写武松和张青谈心的：“两个又说些江湖上好汉的勾当，却是杀人放火的事。”再看看大头领“呼保义”宋江吧，打着“替天行道”的幌子，却一再与由“江湖流氓”摇身变成“政治流氓”的高俅之流媾和，把最讲“江湖义气”

的好兄弟李逵亲手毒死，为的竟是扫清投降赵官家的“障碍”（金圣叹“腰斩”《水浒》——砍掉了“江湖流氓”向“政治流氓”投降的部分，清王朝便“腰斩”了他）。这是怎样的“江湖义气”！难怪龚自珍一声浩叹：“吟到恩仇心事涌，江湖侠骨恐无多。”

7.“江湖”虽也存在带有黑社会性质的帮派体系，但更多的情形是一种“隐形社会”——“江湖人”能感觉到它的存在。盗亦有道。“江湖人”讲“江湖黑话”，“江湖”上有“江湖规矩”，亦即“潜规则”。比如，旧时代的黑暗官场卖官鬻爵、包揽词讼，遵循的就是“收人金银钱财，替人纳福消灾”的“潜规则”。不然的话，光收银子不办事，你不帮人家“摆平”，人家就会把你给“摆平”。这也许就是人们说的“人在江湖，身不由己”的深层原因吧。古典小说和戏剧里常说：“未晚先投宿，鸡鸣早看天。江湖多风雨，仔细听人言。”道尽了小民百姓面对“险恶江湖”临深履薄的情状及心态。俗谚也说，“不入江湖想江湖，入了江湖怕江湖”，“江湖走老了，胆子吓小了”。正是由于“江湖险恶”，人心唯危，所以才有人感慨：“出来混还得是韦小宝！”

8. “江湖”，只是一个文化符号。有人说它代表的是“自由和欢乐”，也有人说它是“混混世界”，还有人说“江湖就是糨糊”，然而不管怎么说，它却又是一种实实在在的存在。对于不同的人来说，自有不同的“江湖”；即使是同一个人的“江湖”，在不同时间、不同地点和不同的心情下，也有着不同的含义。不仅老杜（杜甫）的“江湖多白鸟，天地有青蝇”，不同于小杜（杜牧）的“落魄江湖载酒行，楚腰纤细掌中轻”；就是老杜自己的“鸿雁几时到，江湖秋水多”与“关塞极天有鸟道，江湖满地一渔翁”中的“江湖”，也是不尽相同的。可见，“江湖”的符号意义具有相当的丰富性和复杂性。

9. 据说，那位寻找“江湖”的外国青年，最后遇到了一位文化学者，学者告诉他：“‘江湖’无处不在。所谓‘江湖’，其实就在你的心里。”然而，这个外国青年最终也没有弄清楚什么是“江湖”。中国文化“江湖”这潭老水，汇聚、积淀了两千多年，广阔而又幽深，哪里是一个老外能探得到底的！学者的话其实是有道理的，“江湖”的确无处不在。试想，世上有哪一个人不是老死“江湖”的呢？这倒正好应了那句“江湖”老话：“少年子弟江湖老，多少青山白了头！”

说风流

1. 说风流，其实有说不尽的风流。仅“风流”两个字就非常有趣。风，是空气流行；流，是水体流动。风使空间有了向度，流使时间有了量度，即所谓风行天下，时光如流。风与流一结合，就洒脱了，奔放了，就有了大自在、大自由。然而，过分洒脱奔放如脱缰野马也不行，否则，风流就会蜕变为末流乃至下流。

2. 早期将“风流”二字连用，是指自然界风的流动。进而引申为“像风一样流行”，多指教化、风化之流行。

指教化流行的，如《汉书·董仲舒传》即有“风流而令行，轻刑而奸改”，《后汉书·王畅传》亦有“士女沾教化，黔首仰风流”。指自然风流动的，如王粲《赠蔡子笃》诗云：“风流云散，一别如雨。”风吹过，云飘散，了无踪影，多么潇洒惬意，又何其飘忽怅然！这种高远之意境，奇妙而美好，故一直风行后世。宋之问赋云：“未穷观而极览，忽云散而风流。”李商隐诗曰：“风流大堤上，怅望白门里。”王安石亦有诗云：“云散风流不自禁，天涯无路盍朋簪。”

3. 风流，从自然界风的流动，自然地过渡到赞赏大自然的美丽风景。李清照《满庭芳》词曰：“难言处，良宵淡月，疏影尚风流。”辛弃疾《鹧鸪天》词亦云：“书咄咄，且休休，一丘一壑也风流。”陈与义《山中》诗亦有：“风流丘壑真吾事，筹策庙堂非所知。”简斋还另有一首《微雨中赏月桂独酌》诗云：“人间跌宕简斋老，天下风流月桂花。一壶不觉丛边尽，暮雨霏霏欲湿鸦。”一壶浊酒，微雨赏桂，远离尘嚣，放情山水，是多么地悠然自得！

4.“两晋崇玄虚，风流变华夏”“衣冠重文物，诗酒足风流”。风流，在风一样流传的过程中，已然凝结为一种美——既状风景美，亦喻人物美。王谢子弟，玉树临风；潘安杜乂，神仙中人。魏晋风流人物，在《世说新语》多有记述，他们风雅飘逸，爽朗清举，吃“药”饮酒，谈玄说理，可谓真性情中人。《晋书·刘毅传》云：“六国多雄士，正始出风流。”戴复古诗曰：“风流晋人物，高古汉文章。”杜牧亦有诗云：“大抵南朝皆旷达，可怜东晋最风流。”当然，风流也是有条件的。俗话常说：“马行无力皆因瘦，人不风流只为贫。”秦韬玉《贫女》诗云：“谁爱风流高格调，共怜时世俭梳妆。敢将十指夸针巧，不把双眉斗画长。苦恨年年压金线，为他人作嫁衣裳。”贫穷与风流，确是风马牛。设若诗翁孟浩然衣不蔽体食不果腹，纵然是诗仙李白，亦难写出“吾爱孟夫子，风流天下闻。红颜弃轩冕，白首卧松云”这样潇洒优美的诗句吧？

5.而且，风流不啻优美，亦饱含壮美。它不仅可以品题风雅标致的美好人物，亦可譬喻惊天动地的豪杰英雄。“天下英雄谁敌手？曹刘。生子当如孙仲谋。”三国，是一个需要英雄同时也是英雄辈出的板荡时代。苏东坡《念奴娇·赤壁怀古》写得好：“大江东去，浪淘尽，千古风流人物。故垒西边，人道是，三国周郎赤壁。乱石穿空，惊涛拍岸，卷起千堆雪。江山如画，一时多少豪杰！”然而，世事沧桑，人生如梦，生前富贵草头露，身后风流陌上花。对此，辛稼轩《永遇乐·京口北固亭怀古》写得精绝：“千古江山，英雄无觅，孙仲谋处。舞榭歌台，风流总被雨打风吹去！”

6.“英雄割据虽已矣，文采风流今尚存。”《周易》之涣卦大象辞曰：“风行水上，涣。”“风行水上”不就是“风流”吗？“涣”乃水面扩展开来的波纹，比喻富有文采。文采风流与风雅、风骚，意旨颇相近。有道是，三光日月星，四诗风雅颂。“风雅”本是《诗经》中《国风》与《大雅》《小雅》之合称，而风骚亦是《国风》与《离骚》之璧联。故风流、风雅、风骚多喻指翰墨诗文乃至风格流派。高适有诗：“晚晴催翰墨，秋兴引风骚。”杜甫有诗句：“摇落深知宋玉悲，风流儒雅亦吾师。”黄庭坚诗云：“千古风流有诗在，百忧坐忘知酒圣。”杨万里亦云：“传宗传派我替羞，作家各自一风流。”倘有哪一位高士的诗文，意境幽远，超逸佳妙，便配得上司空图《二十四诗品·含蓄》之评价：“不着一字，尽得风流。”

7.《周易》云：“巽为风。”《序卦》亦云：“巽者，入也，入而后说（悦）。”风的本性无孔不入，且令人舒畅，故风隐喻性。《尚书》有“马牛其风”，《左传》有“风马牛不相及”，此处“风”当发情讲，故孔颖达疏：“牝牡相诱谓之风。”推而广之，情侣之间的争风吃醋，亦称风醋。风流的“风”，便是风马牛的风，风醋的风，风情的风，风月的风，风俗的风。风关乎性，俗近乎欲，故风俗每与食色相关。食与色是人的最根本需求，也是最搔人痒处的兴奋点。这也正是“话须通俗方传远，语必关风始动人”的深层原因所在。需要分辨的是，风流虽有时亦当风气、风尚、风俗讲，如《汉书》即有“（孝文帝时）风流笃厚，禁网疏阔”以及“（山西之地）歌谣慷慨，风流犹存”之语。然而，风流与风俗，

"风"相近也，"俗"相远也，因为风流毕竟是一桩"韵事"。而且，风流二字，有主有次，风有骨，流无形，风流风作主，有流亦有止。不然的话，红尘滚滚，随波逐流，流散人心，流荡人性，便会导致"风流俗败""礼崩乐坏"之乱局。

8. 风流一词，含义多矣。风流，本来就是一个意蕴深远、境界阔大的"开放型美学体系"。除以上种种，它还譬喻青春年少倜傥风流。花蕊夫人诗曰："年初十五最风流，新赐云鬟便上头。"方干亦有诗云："虽将洁白酬知己，自有风流助少年。"韦庄《思帝乡》词亦云："春日游，杏花吹满头。陌上谁家年少？足风流。妾拟将身嫁与，一生休。纵被无情弃，不能羞！"风流之美，还特别喻指美人风情万种、美丽动人。简文帝《美女篇》："佳丽尽关情，风流最有名。"《金瓶梅词话》："（美女楚云）端的风流如水晶盘内走明珠，态度似红杏枝头推晓日。"风流亦可隐喻情爱与相思，即所谓"花前月下种风流"。戴式之有诗："当时一段风流事，翻作相思一段愁。"元稹《莺莺传》有句：

"风流才子多春思，肠断萧娘一纸书。"陈师道《踏莎行》词亦云："重门深院帘帷静，又还日日唤愁生，到谁准拟风流病。"

9.《警世通言》云："蛾眉本是婵娟刃，杀尽风流世上人。"这话只针对男性。其实，"风流吴中客，佳丽江南人"，无论男人还是女人，风流都是一把双刃剑。一方面，男欢女爱，快活风流，玩的都是心跳，所谓"宁教花下死，做鬼也风流"。李涉诗云："含情遥夜几人知，闲咏风流小谢诗。"刘言史词曰："梦中无限风流事，夫婿多情亦未知。"柳三变《鹤冲天》词亦云："且恁偎红翠，风流事、平生畅。青春都一晌。忍把浮名，换了浅斟低唱。"另一方面，风流过度，风流成性，庶几等于流氓成性，此风流即下流。《水浒传》里的高衙内，《红楼梦》里的灯姑娘儿，《金瓶梅》里的西门庆、潘金莲一干人等，不也都号称"风流人物"吗？实则尽是些粗鄙下流的"风淫人物"。风淫，《周礼》所谓鸟兽行也。

10.《红楼梦》有诗："只因占得风流号，惹得纷纷口舌多。”风流，既是一个常说常新的古老话题，也是一个令人深思的人生课题。然而，不管是风流文、风流事、风流人——真正的风流本质上是天然的、本真的，就像自然风流过一样，自然而然，本色天真，来不得半点装腔作势，或者头摇尾巴晃。风流更是一种内涵与品质，正谓是“风流不独占才名，水镜冰壶表里清”。因而白居易诗云：“时世高梳髻，风流淡作妆。”《菜根谭》亦曰：“唯大英雄能本色，是真名士自风流。”黄升亦有诗云：“风流不在谈锋胜，袖手无言味最长。”

说　驴

生而为驴，是一件十分不名誉的事情。驴，秃驴，驴脾气，驴脸瓜搭，瘦驴拉硬屎，驴唇不对马嘴，好心当作驴肝肺……有哪一个是褒义词呢？即使是骂人的话，只要暗含一点好的意思，也是轮不到驴的。比如，一朵鲜花插在了牛粪上。宁愿将鲜花插在稀不啦叽的牛屎上，也不肯插在仪表光泽的驴粪上。而且，还丢下一句特伤感情的话：驴粪蛋，表面光。

最可恶的是，有些人在社会上混得没起色、不如意，便拿驴子来打趣儿说事儿。说什么："别人骑大马，我独骑驴子。回看担柴汉，心下较些子。"本来心理失衡得一塌糊涂，还硬是装作若无其事的样子，真够阿Q的。还有人说什么："不骑马，不骑牛，骑个毛驴随大流。"嗨嗨，小子！你够不着马，又看不起牛，却拉着个毛驴做垫背，瞧你那点儿出息！

人常说，马背上出英雄，驴背上出诗人。可是，诗人们似乎对高头大马总是青眼有加，对驴子却恶声恶气并不领情。在中国古代文坛上，李白、杜甫、苏东坡、陆游四人，堪称唐宋两代的顶尖诗人吧？你看那个李白，写马则"银鞍照白马，飒沓如流星"，写驴却"骅骝拳跼不能食，蹇驴得志鸣春风"（得志也是个"蹇驴"）；还有那个杜甫，写马则"落日照大旗，马鸣风萧萧"，写驴却"江湖凡马多憔悴，衣冠往往乘蹇驴"（骑驴便辱没了"衣冠"）；再是苏东坡，写马即"弄风骄马跑空立，趁兔苍鹰掠地飞"，写驴却"往日崎岖还记否？路长人困蹇驴嘶"；还有那个陆放翁，写马便"夜阑卧听风吹雨，铁马冰河入梦来"，写驴则"此生合是诗人未？细雨骑驴入剑门”……他们只要写到马，便精神抖擞，笔墨灵动，虎虎有生气；一旦写到驴，就鄙夷贬损，冷言冷语，一肚子没好气。其实，他们中的哪一位没有得到过驴的恩惠呢？尤其是老杜，“骑驴三十载，旅食京华春”，在驴背上辗转了三十多个春秋，跟驴子应该是很有一份深厚的感情的。然而事实上，他却对“朝扣富儿门，暮随肥马尘；残杯与冷炙，到处潜悲辛”中的“肥马”情有独钟。唉唉！这不能不说是个势利眼吧？

另一个唐代文人柳宗元，也不知是哪根筋抽的，写了一篇题为《黔之驴》的杂文，并得出一个“黔驴技穷”的结论。如果可能的话，俺真想揪住他的耳朵问一句：老兄，你说驴应该以什么为技啊？如果以诳骗诡诈为技，它天生就不如狐狸；如果以残暴嗜血为技，它连豺狼鬣狗都比不上，更不用说熊狮虎豹；如果以胁肩谄笑为技，它生就一副深沉严肃的长脸子，整日里像是有谁欠了它二百吊，根本不懂插科打诨疏通关系这一套；如果以吹牛拍马为技，那它首先比不上的就是人。

但是，如果以吃苦耐劳、忍辱负重、勤劳奉献为技的话，它谁都不输。

驴，哺乳纲，马科。性温顺，富忍耐力，但颇执拗。堪粗食，易饲养，抗病力较其他马属动物强，寿命比马长。《本草纲目》说它“长颊广额，磔耳修尾，夜鸣应更，性善驮负。有褐、黑、白三色，入药以黑者为良”（因驴的妊娠期为12个月，故民间常用炖驴肉汤为孕妇保胎）。驴的工作岗位（工种）一般是挽、驮及拉磨，亦可供人骑乘。乡里小儿谚云：“马骑脖盘，驴骑屎蛋，骡骑当腰，两头忽颤。”说的是骑乘没有鞍鞯的牲口时，骑马要骑在马的前盘，骑驴要骑在驴的后边，骑骡子则要骑在当中间，腰身柔软，颤悠悠的，十分受用。

乡间还有几条有关驴子与马牛相比较的谚语。一条是“耕牛战马磨道驴”，说的是驴、马、牛的工种和岗位。一条是“牛筋马力驴骨头”，说的是驴、马、牛的优长和特点（驴子脾气倔，骨头硬）。还有一条是“金马铜牛铁驴子”，说的是驴、马、牛的价格和价值。不过，从综合指标和性价比来看，“铁驴子”并不比“铜牛”和“金马”的使用价值差，或许是“金”和“铜”都很金贵而且娇贵吧，反倒没有“生铁”经磨损耐摔打。先说“铜牛”吧。牛的工作岗位一般是拉车耕田，跟驴子也差不了许多，但是，它一生的工作时间却比驴子要短得多。一头牛的寿数大约只有十来年，高寿也不过十四五岁，尽管它也很努力——“老牛亦解韶光贵，不等扬鞭自奋蹄”，然而终久熬不过十来年这个大限，最后，“老牛必定刀尖死，将军难免阵上亡”，是个必然归宿。再说“金马”。马当然要比驴子英武风光得多，“宝马雕车香满路”“车如流水马如龙”，那叫个气派；“一朝马死黄金尽”“门前冷落车马稀”，走的是背字。有马，则要风是风，要雨是雨；无马，则靠山山倒，靠水水流。如果说马属上流社会，那么驴属草根阶层；马是贵族，驴是贫民，是个不折不扣的草字头老百姓。但“老百姓”的贡献未见得就小。别的不说，仅从工作时间的长短来看，马的寿命一般是四五十年，而驴的寿命一般为五六十年。如果都从三岁扎牙开始参加工作算起，驴比马的平均工龄要多出十来个年头，那要多干多少活儿啊！所以乡下老农常说，驴子皮实，不挑嘴，好饲养，一头驴能干五六十年的活儿，足足交割了一个庄户人的一辈子。

或许是应了“寿则多辱”的古训吧，对人类贡献巨大的驴子，在人世间并没有落下个好名声。首先，在人类的祖先精心“选秀”选拔出来的“六畜”中，驴子没有占一个正式编制，属于“黑户”，不仅不能跟马、牛、羊相提并论，连鸡、犬、豕都没法比。据一位畜牲学学者研究，这是受了“不孝有三，无后为大”的骡子株连，因为骡子是驴的子嗣嘛。有个老农气不忿，说，无论是驴骡（学名“駃騠”）还是马骡，都是马和驴杂交生出来的，凭什么只让驴单方面承担责任呢？你猜那个畜牲学学者怎么说来着？他说，驴怎么能跟马攀比呢，马是贵族嘛！其次，由于一些没口德的人经常用“毛驴”来骂人，以至“毛驴”一词比“流氓”还要低一个档次。《水浒传》第五十一回“插翅虎枷打白秀英”，就因为白玉乔骂了一句“什么雷都头，只怕他是驴筋头”，不仅被雷横打得唇绽齿落，还搭上了女儿白秀英的一条小命。其实，所谓“驴筋头”，就是王婆为西门庆说风情时传授的“潘驴邓小闲”中的那个驴物件，也就是今天的富豪猛人们在火锅里涮来涮去的驴鞭。据说，“天上的飞龙地下的驴”，那叫个香啊！

千百年来，驴始终是一个受侮辱、受损害的悲剧形象。就拿驴子的高寿来说吧，不仅没有让它笑到最后且笑得最美，反倒使它本身也变成了十足的笑料。明末清初的刘继庄在《广阳杂记》中写道：“驴鸣似哭，马嘶如笑。”这倒并不是说生活中真地存在驴哭马笑，而是这个明朝的遗民在变着法子拿驴开涮。不但中国的舆论氛围如此，外国的文化环境对驴子也好不到哪里去。古希腊的《伊索寓言》里，与驴相关的寓言有二十四五条之多，驴大多是些愚蠢卑劣、无知可笑的反面角色。只有一篇《驴和狼》例外。驴看见狼走过来，便装成一瘸一拐的样子，狼问怎么啦，驴说脚上扎了刺，请狼先给它把刺拔出来，免得吃它的时候卡住喉咙。狼正要给驴拔刺，被驴猛踹一脚，门牙全落！狼懊悔地说：“我真是活该！我本来是个屠夫，干吗偏要行医呢？”

在印度的佛经里也有一则关于驴的故事：某国的人从未见过驴，但听说驴乳甚美，一日得到一头公驴，一群人忙着挤奶，有的捉驴足，有的捉驴尾，还有一位捉驴根的，大呼挤出了驴奶——诸位明白，这小子喝了一泡热辣辣的驴尿！呵呵，总算驴子这个“倒霉蛋儿”也有几个扬眉吐气的故事！

让驴子更加扬眉吐气的，是清人王士禛《香祖笔记》的记载：“王兆云《湖海搜奇》：在陕西民家有千里驴，腰有肾六。又，张翁言有友人省亲山东，亲家以一驴至，曰：‘此千里驴也。’乘之倏忽抵家。”据说，千里马日行千里夜走八百，想必千里驴亦当有此能耐。不然的话，山东“亲家”何以风驰电掣“倏忽抵家”？从前只听说陕西的“关中驴”最负盛名，但谁敢相信它能抵得上千里马？想一想啊，来自陕西的那头身上揣着六个腰子的千里驴，该有多大的力道和派头，大概相当于今天最高档的12个缸的“顶级奔驰”吧？

正是：世上岂无千里“驴”，人中难得九方皋！

文化在哪里

广义地讲，文化是物质财富与精神财富的总和，侧重于精神财富；狭义地讲，文化就是文治与教化。本文重在讨论后者。虽然文化不是“文”与“化”的简单相加，但却是“文”和“化”的有机结合。“文”的本义是彩色交错，花纹斑斓。《周易·系辞下》：“物相杂，故曰文。”引申为有文采，有品质，有思想，有内涵，包括文艺典章、礼乐制度等。“文”与“野”是相对而言的，“文”乃美和善之载体。美好的东西，很容易吸引人、感染人、影响人、迁化人。“化”的本义即教化、感化、迁化，《说文解字》云：“化，教行也。”文化正是通过“文”这种宝贵的正能量对人的迁染与潜化，“化”其言谈举止，正心诚意，黄中通理，畅美事业，直至改善和优化社会风气乃至风俗习惯。

那么，文化在哪里？

文化是一条源远流长的文明之河。它从远古浩荡而来，并向未来奔泻而去。我们沐浴在浩瀚的民族文化长河的某一流段之中，背对历史，面向未来，最重要的是抓住当下，回答好文化的“去今来”问题。

文化在哪里？在生活中，在细节里。

我们所谓当下文化的全部意义，就体现在人们日常的生活、工作和活动中，以及大大小小的事情里。举手投足是文化，待人接物是文化，企业形象是文化，机关作风是文化，社会改革是文化，制度创新是文化。有一段时间，我的女儿非常迷恋国外一个著名的电子品牌，但我却对之大泼凉水，并断言其不久便会衰微。原因很简单——以它的手机产品为例，在没有什么重大技术创新的情况下，每添加或者修改一个小小的细节，都要批量生产并加价销售。如今这个品牌真的开始衰落了。不是我在恶意唱衰它，它的衰落就蕴含在其营销策略和企业文化中。《吕氏春秋·义赏》说得好：“竭泽而渔，岂不获得？而明年无鱼。焚薮而田，岂不获得？而明年无兽。诈伪之道，虽今偷可，后将无复，非长术也。”同样，一切以偷奸取巧、以邻为壑、杀鸡取卵、饮鸩止渴为经营理念的公司、企业或者其他什么机构，都是不可能持续发展下去的。尽管文化可以产生财富，然而负面文化亦可以产生负资产、负效应及负能量。《诗经》云：“匪今斯今，振古如兹。”这类反面教材，古今中外，比比皆是。

文化在哪里？在历史中，在典籍里。

历史越是古老悠久，文化便越是深邃悠长。文化是一条激荡在人类历史中湍流不息的长河。《论语·八佾》：“子曰：‘夏礼，吾能言之，杞不足征也；殷礼，吾能言之，宋不足征也。文献不足故也。’”“文献”之“献”古作“贤”讲，所谓无贤不成礼。现在则不妨把它当成文献典籍来解。只有历史留存下来的文献典籍，才能作为文化曾经存在的凭证和依据。我们说起郡县制，即有《史记·秦始皇本纪》述其原委；我们谈到科举制，亦有《隋书·高祖纪》叙其肇始。我国传统文化历来讲究“修齐治平”，诸如我们今天常说的“以人为本”“以民为本”乃至“以仁为本”，最早分别见于《管子·霸言》《晏子春秋》和《司马法·仁本》，属于政治文化的“治平”范畴；稍微生僻的“以身为本”（孔子语），则出自《大戴礼记·子张问入官》，属于修身文化之“修齐”范围。《汉书·艺文志》记载：“古之王者，世有史官，左史记言，右史记事，事为《春秋》，言为《尚书》，帝王靡不同之。”即使是凝固的历史（遗迹），亦需要文献典籍来佐证，更遑论其他！此谓之其来有自、良有以也。

文化在哪里？在传承中，在发展里。

文化具有多向性与多面性，既有物质性，也有精神性；既是固态的，也是动态的；既有过去时，亦有现在时、未来时；既要传承它，更要创新发展它。然而，任何一种文化（或曰文明）都不可能割断母体的脐带凭空发展，故学习、研究和继承传统文化，是开拓创新未来文化的重要一途。没有读过《周易》的人，很难想象那些现在看来仍富于生命力的词语——文明、革命、消息、事业等，均来自古老的《周易》。正是由于有《周易》的“穷则变，变则通，通则久”和“凡益之道，与时偕行”，后哲才会创造出“穷则思变”和“与时俱进”这两个颇具时代色彩的新词。尽管《汉书·河间献王刘德传》中的“修学好古，实事求是”，与当代哲学意义上的“实事求是”，无论内涵还是外延都有较大的差异，但是你得承认，《汉书》的“实事求是”乃基础性工程，是今日之“实事求是”的原始根据。俗话说，往来成今古，无古不成今。庄子亦云，“水之积也不厚，则其负大舟也无力；风之积也不厚，则其负大翼也无力”。未来文化要想创新和发展，必须把根深深扎进传统文化营养丰厚的土壤中，只有根深才能叶茂，没有博大何来精深？

当然，文化的健康发展，不应拘执于弘扬传统文化一端，要敞开胸襟，面向世界，汲取一切给精神以力量的东西。泰山不却微尘，固能成其大也。

文化是人类前行的灯塔。探询文化在哪里，是为了追寻文化的意义何在，探求文化的作用所在。文化的本体和本质在于“文”，它的作用和意义却在于“化”。教化可以美风俗。有道是，化当世，莫若口；传来世，莫若书。还说，十步之内，必有芳草；十室之邑，必有忠信。不仅好书可以迁化人，好人更能影响人。古代常用“仁义”化人。“仁者，人也”，做人就要有个人样；“义者，宜也”，做事必须做“应该”做的。所谓文雅与文明，就是文化“化”的结果。一个人的文雅与文明程度的提升固然重要，然而更重要的却是全民素质和觉悟的整体提高。白乐天诗云：“乡人化其风，薰如兰在林。”这便是文化的功能和使命所在。

三人行

1.《论语·述而》："子曰：'三人行，必有我师焉。择其善者而从之，其不善者而改之。'"不少解读《论语》者，认为这是孔夫子谦虚的表现。其实，关谦虚何？夫子的择善而从，不善而改，不过是表明要学习他人身上好的东西，将不好的作为自己的参照系而已。三人同行有我师，是从正反两方面来说的，"见贤思齐焉，见不贤而内自省也"。对于孔子来说，从"三人"身上学到的，很可能是教训多于经验。读反面教材，将他人之教训转化为自己的经验，是最好的学习。

2.《易经·损卦》："三人行，则损一人；一人行，则得其友。"《象》曰："一人行，三则疑也。"清儒李士鉁解道："以一求一则为两，两则有唱和之欢；以一求二则为三，三则有争夺之患。"俗话说："两个人处成情人，三个人处成仇人。"又说："俩人是把儿，三人是杈儿。"如果三人之中，两强联手，欺凌一弱，即会导致"三人出门小的苦"之惨状。如果三人当中，两劣勾结，排挤一优，则又会出现"劣币驱逐良币"之恶状。从古及今，此二种情形，滔滔者天下皆是也。

3.《尚书·洪范》："三人占，则从二人之言。"此乃"少数服从多数"之游戏规则。然而这个"少数"和"多数"的关系，必须是真实的。《韩非子·内储说上》："晏子聘鲁，哀公问曰：'语曰："莫三人而迷。"今寡人与一国虑之，鲁不免于乱，何也？'晏子曰：'古之所谓"莫三人而迷"者，一人失之，二人得之，三人足以为众矣，故曰"莫三人而迷"。今鲁国之群臣以千百数，一言于季氏之私。人数非不众，所言者一人也，安得三哉？'"像这类打着"多数人"的旗号，而窃行"少数人"之私者，怎么可能不出乱子呢？

4.《庄子·天地》："三人行而一人惑，所适者犹可致也，惑者少也；二人惑，则劳而不至，惑者胜也。"《集韵·德韵》讲："惑，通作或。"惑也者，或者也。惑乱之人心眼儿活，或者这样，或者那样。俗话说："一个人俩心眼儿不算多。"因而每每会出现"三人六主张"之局面。倘三人同行，一人迷路，两人清醒，最终还是可以抵达目的地的。然而，倘两人迷路，一人清醒，跟着俩糊涂蛋南辕北辙走下去，必然是"盲人骑瞎马，夜半临深池"。

5.《五灯会元·杨岐方会禅师》："三人同行，必有一智。"这与"兵上三千出韩信"一样，是从概率上讲的。三人同行，关键是要同心同德，通力合作，否则，同床异梦，各怀鬼胎，"三人误大事，六耳不通谋"，有多少智慧都会在内斗中消耗殆尽。只有三人同行，勠力同心，才可能"三人一条心，黄土变成金"。俗话说得好："一人计短，二人计长，三人计妥当。"又说：

“一个巧皮匠，没张好鞋样；两个笨皮匠，有说有商量；三个臭皮匠，胜过诸葛亮。”更何况三人同行，尚有一智乎！

车上车下

骑自行车，或者步行在马路上，总不理睬背后汽车嘟嘟哇哇的鸣笛声（警车和消防车除外）。心里冷笑着：有种就开上来吧！

坐在汽车上，又觉得前面的行人或自行车应该让路。嘴里不住地骂：看那个死家伙，难道让这么个大汽车躲你吗？

等在站牌底下，引颈翘首，望眼欲穿，多希望过来的每一辆汽车都能停下，在此停下，立即停下！

刚踏上公共汽车，就马上喝令关门，就叫嚷挤得不行，就怒目每个扒门上车的人，就盼望汽车永不再停！

车上车下，台上台下。

美人如花

有人说过：第一个把女人比喻成花的人是天才，第二个把女人比喻成花的人是庸才，第三个把女人比喻成花的人是蠢才。其实，愚蠢是一种综合素质。真的愚蠢，想教也教不会，想帮也帮不上，想学也学不来，想改也改不掉。孔夫子评价宁武子时说，邦有道则智，邦无道则愚，其智也可及，其愚也不可及。“愚不可及”原本是一个褒义词，世人达不到这层境界，竟然渐渐将它演变成了贬义词。现在，我想追问一下：为什么第一个把女人比喻成花的人是天才呢?

的确，女人如花。如花的女人自然是美人。读旧书读到“如花美眷，似水流年”，你会明白什么叫诗一样的语言。我不知道世界上哪一种美能跟美人相比，翩若惊鸿，婉若游龙，那么曼妙，那么生动，那么令人心生爱慕，那么让人忘却前尘后世，那么让人如痴如狂，欲仙欲死！崔护说“人面桃花相映红”，李白说“美人如花隔云端”，李易安自况“人比黄花瘦”。只有花才算得美人的一个隐喻。千百年来，人们喜欢把江山和美人联系在一起；美人如花，那么江山如什么呢?花儿，明媚鲜艳，绚烂至极。然而，转瞬即成明日黄花，无法挽留，无可把捉，凋零，飘落，无可奈何花落去，流水落花春去也！常言道:“花有重开日，人无再少年。”然而，重开的此花，绝不是凋谢的彼花。故又言：“人无千日好，花无百日红。”如花似玉，同时也昭示着美好的东西暂短，易碎，青春如梦，正谓是“世间好物不坚牢，彩云易散琉璃脆”。

美人，造物的恩赐，本来是无可比拟的，好在还有花，做了美人的标本。正因如此，第一个把花的精魂投射到女人身上的人——换言之，亦即第一个把女人比喻成花的人，应该算得上是个天才。

英雄难脱美人手

黎巴嫩的纪伯伦在《泪与笑》中讲过："美是一种使你倾心的魅力。"尤其是绝色美人，不仅使男人俯首，也会让女子心动。

《妒记》和《世说新语·贤媛》均记载了美女李势妹的故事，但稍嫌简略，经明人张岱妙笔点染之后，即有声有色："桓温平蜀，置李势妹为妾，妻闻，拔刀袭之。李方梳头，发垂委地，姿貌端丽，乃徐结发，敛手向妻，曰：'国破家亡，无心至此。若能见杀，犹生之年！’妻乃掷刀，前抱之曰：‘我见犹怜，何况老奴？’遂善视之。”（见《夜航船·伦类部·夫妇》）东晋大司马桓温之妻，乃明帝之女南康长公主，所以在醋海生波之际，敢于拔刀突袭“二奶”李势妹，敢于叱骂夫君为“老奴”；然而当她面对“神色闲正”（见《妒记》）、“肤色玉曜”（见《世说新语·贤媛》）、“姿貌端丽”的李势妹时，万丈凶焰顷刻间被势妹之美消弭于无形，她情不自禁地说：“连我都觉得这般可爱，何况那个老臭东西呢！”

美，不仅是有光芒的，还有“使你倾心的魅力”。俗话常说：“英雄难过美人关。”美人而能成为一关，成为一计，甚而明知是计，还甘愿“将计就计”钻进温柔的圈套里，可见美人具有何等的力量！

在《三十六计》中，美人计属于“败战计”之第一计。自古兵者诡道也，明知战局已呈败势，可是祭出美人之后，虽也有“赔了夫人又折兵”之虞，但在不少情形下，却可以挽狂澜于既倒，转败局为胜势。何也？《三十六计·美人计》题解曰：“兵强者，攻其将；

将智者，伐其情。将弱兵颓，其势自萎。利用御寇，顺相保也。”兵强而将智，似乎无懈可击，然而自古“英雄难脱美人手”，情，乃英雄之软肋。《三十六计·美人计》原按：“兵强将智，不可以敌，势必事之。事之以土地，以增其势，如六国之事秦，策之最下者也；事之以币帛，以增其富，如宋之事辽金，策之下者也；唯事之以美人，以佚其志，以弱其体，以增其下之怨，如勾践以西施、重宝取悦吴王夫差，乃可转败为胜。”三十六计每一计的题解中，都会涉及《周易》之一卦。如美人计“利用御寇，顺相保也”，就是渐卦“夫征不复，妇孕不育”的“象辞”。在美人计里，男人一旦上钩，就没有回头路可走，故谓之“夫征不复”；美人也只是一剂香饵，压根儿就没打算跟谁过光景日子，不过是利用一把男人的弱点而已，故曰“妇孕不育”。其实，美人计的真实目的非常简单，就是用美人来稳住敌方，消耗敌方，从而保全己方，壮大己方，以获取局部利益，乃至取得最终的全盘胜利。

谚云：“十个美女九个祸。”然而，我是并不赞成这种“红颜祸水”论的。在这个问题上，应该深刻反省的是男人而不是美人。所以我很同意唐朝罗隐的观点：“西施若解倾吴国，越国亡来又是谁？”不过，我也从来不敢小视美女的“超自然的力量”。佛陀有言：“爱欲莫甚于色。色之为欲，其大无外。赖有一矣；若使二同，普天之人，无能为道者矣。”（见《四十二章经》）连佛都感叹，幸亏“色”只有一种，倘若有两种“色道”迷人，普天之下还有谁能够挣得脱呢？孔夫子在《论语》中亦两次讲道：“吾未见好德如好色者也。”（见《论语·子罕》和《论语·卫灵公》）即使是孔夫子自己，一旦与美人扯上干系，也是浑身有嘴说不清，只能指天画地赌咒发誓。《论语·雍也》记述：“子见南子，子路不说。夫子矢之曰：‘予所否者，天厌之！天厌之！’”

再看看这些年来“前仆后继”、源源不断地倒下去的高官吧，有几人不曾与美女（包括他们的“二奶”）相关联呢？这些人都曾是“时代的弄潮儿”，也算是红极一时的“英雄”啦。英雄难脱美人手，此情无计可消除。正是只因天下美人面，改尽世间君子心！所以古来对待美女“最高明”的办法，就是惹不起躲得起的消极逃避主义，即如俗话所说的“避风如避箭，远色如远仇”。这在《三十六计》中属于“败战计”之最末一计：走为上。

为自己订个计划

——新年试笔

新年伊始，给自己订个计划。

我拟订计划，注重三个要素——时间的长短、数量的多少、选题的大小，并将三者结合起来协调考虑。计划太短，东一榔头西一棒槌，缺乏可持续性；计划太长，置的冬衣杨柳青，置的夏衣水结冰，又在考验人的耐受力。计划太少，吊在一棵树上，单调不说，还常常赶不上变化；计划太多，眉毛胡子一把抓，又几乎等于没计划。计划太小，鸡毛蒜皮，绿豆芝麻，会将人生变得琐屑微末；计划太大，虽然开篇叙事宏大，但结局往往虎头蛇尾，或望洋兴叹，或望梅止渴，或望山跑死马，最终撂下一个烂尾工程，不了了之。

制订计划要切合实际，注重实在，讲求实效。由于“取法乎上，仅得其中”，因而拟订计划时可以打出一点盈余，略有拔高，但不能没边儿没沿儿，超越极限。计划不仅是行动的指南，也是想象力对心灵的诺言。所以制订计划，既要规定时间表，也要规划路线图，同时还要尽量把大、中、小和长、中、短的计划糅合在一起，统筹设计。

大计划是一个相对长远的目标，时间往往在十年以上。这样的目标不宜多，一定时期内有一两个足矣，否则便会形成干扰。中计划一般是大计划的组成部分（也可以是一个完整的独立计划）。时间一般在三到五年内。我国的国民经济发展以五年为一个计划时段，近三十年来发展飞速，取得了举世瞩目的成就。也许五年正好是一个中计划的黄金分割率吧？具体到个人所制订的中计划，一个时段内应以两三个为宜，以防止贪多嚼不烂。小计划则可以多一些，时间大致在一两年以内，长的年把或两年，短的半年或一个季度，速战速决，立有斩获。一方面，小计划是大计划和中计划的细化方案和实施步骤；另一方面，小计划又具有灵活机动性，随机出现，随时调整，有了灵感，即可干一把。

然而，计划赶不上变化。就以我为例吧，我的本职工作是新闻，文学创作纯属业余，而且本人还有个惯于夜间写作的积习，这就更需要拟订合理的写作计划。我在 1993 年制订过一个中计划，想以“母亲的话”写一部书，于是便开始搜集整理这方面的资料。当初计划五年足够了吧？但前前后后做了十几年，中计划演变成大计划。到 2002 年开始写作《母亲词典》，但写出四五万字以后，连自己都不满意，也就未敢拿出来示人。直到 2007 年年初，报社领导商议，在我主持的《社会周末》开一个《风俗》栏目，并希望我写一些有关风土人情方面的文章。我突然一下子找到了《母亲词典》的表现形式和叙述方式。原本打算每周写一篇，一季度至少写十篇，总共写一年，算是一个小计划吧。不料，计划还是没有赶上现实的变化，一写就跨越了三个年头，生生地拉长为一个中计划。正因如此，扬弃、修正、改进、补充和完善老计划，是制订新计划的题中应有之义。

岁月永是奔逝，计划总在变化。这是我多年来制订各种各样计划所得到的最深切的感受。不过，变化归变化，计划还是要继续制订下去的。因为有蓝图才有方向和目标。

有道是长计划、短安排。那么，我的新年度计划，就从今天开始制订实施吧。

剩者为王

人在单位中，浑如竞技场。有道是优胜劣汰，胜者为王。如果你不能保证胜出，至少要保证剩下。剩下才有机会，剩者皆有可能。

首先，确保剩下。胜出难，剩下也不易。倘争取不到剩下的权利，连做梦的机会都没有，更遑论其他！剩下的精要在平庸。人常说平凡而不平庸，那是掩耳盗铃自欺欺人。《说文解字》："庸，用也。"《玄应音义》："庸，谓常。"平庸即平常，平常即平凡；"中庸"

就是“用中”，平庸必然用平，亦即任用平凡、平常之人。才高八斗者往往趾高气扬自鸣得意，大声吟唱“仰天大笑出门去，我辈岂是蓬蒿人”，唬得人一愣一愣的，特招人恨！在职场竞争中，要想不被挤兑淘汰，就得千方百计展现出优异的平庸品格；不平凡也要装平庸，装平庸才能保平安。平庸招人待见，中才处处堪用，不显山不露水，“不招人嫉是庸才”，你好我好呵呵呵，对任何人都不构成现实威胁，故极有利于剩下。

其次，争取连剩。这一次剩下，并不保证下一次还能留下，每一次都会剩下。所以呀，要下定决心，有所牺牲，排除万难，去争取连剩。这就要求，剩者不仅要表现得更平更凡更庸，而且还须谦虚谨慎更兼韧性。《尚书》有言：“功崇唯志，业广唯勤。”俗谚亦云：“忍字头上一把刀，忍得住来逞英豪！”只要你有定力，有耐心，熬得住，吃得消，豪杰可作，何况剩下？就算连剩亦不在话下。争取连剩最忌讳的，就是为山九仞，功亏一篑；千里之堤，溃于蚁穴。故达至连剩的全攻略，就是勤勤恳恳战战兢兢，坚韧不拔倍加艰辛，用自己的剩余劳动，创造剩余价值，积累剩下资本。常言道：“三十年大路走成河，三十年媳妇熬成婆。”水滴石穿，绳锯木断，积小剩至连剩，由连剩到大剩，即有可能赢得发展机会。譬如，“蜀中无大将，廖化作先锋”！

最后，永葆优剩。据宋代张端义《贵耳集》讲，南宋孝宗皇帝赵昚到天竺寺及灵隐寺礼佛，途经飞来峰，孝宗问净辉和尚：“既是飞来，如何不飞去？”答曰：“一动不如一静。”境界何其高妙！连剩者只有达至如是境界，方可永葆优剩。子曰：“知者乐水，仁者乐山；知者动，仁者静；知者乐，仁者寿。”智者如水好动而喜乐，仁者如山好静而恒久。高才捷足者自恃其聪敏，主动出击打拼，胜出者固然大有人在。然而“这山望见那山高，到了那山没柴烧”，抑或“千里马失蹄，撵不上拐骡子”者，亦代不乏人——有的甚至连剩下的机会都丧失掉了。《圣经·旧约》讲过：“见日光之下，快跑的未必能赢，力战的未必得胜，智慧的未必得粮食，明哲的未必得资财，灵巧的未必得喜悦。所临到众人的，是在乎当时的机会。”在一个单位里，所谓“机会”

往往捏在少数当权者手里，平时看不见。然而，优剩者却素来默默无闻、韬光养晦、和光同尘，摆出一副温顺庸碌、与世无争的面孔，实则藏器于身，待时而动，“捉鳖不在水深浅，只要碰到手跟前”，所以总能“碰到”绝妙机缘，绝佳机会，绝好机遇！故孟子曰：“虽有镃基，不如待时。”

总而言之，剩者有如圣者，优剩胜于优胜。探其原委，剩者之“剩”有三义：多余，更加，阉割。《齐民要术·养羊》有“拟供厨者宜剩之”，即是“阉割”之意——落实到人与单位的关系上，就是被人家给生生地裁减掉了，此义最差；其次是“多余”，余膏剩馥，悬疣附赘，随时都有被清除切割的危险，此义亦欠佳；词义最美好的是“更加”。然而对于剩者来说，怎样才能从优剩更加顺畅地转化为优胜呢？如上所述，确保剩下，争取连剩，永葆优剩——子曰“一贯三为王”，则剩者为王矣！

第三辑

莼鲈思

从　来

从来是一个人。

我小时候他是一个青年，我成为青年的时候他已步入中年，如今我也进入中年，他离老年亦该不远了吧。

从来有若干个姓，当然也就有若干个名了。但我似乎觉得他从来就叫作从来。

从来一生下来就过继给舅舅。舅妈只生女儿，不生男孩，便要来从来做儿子。此时的从来应该有一个十分好听的名字，可惜我不知道。从来给舅妈做了儿子，舅妈便一溜烟儿生出三个儿子来。从来从此遭了罪。从来被舅妈用铁绳拴在窗子上。从来饿肚子偷猪食吃。从来晚上跟猪睡在一起。三十多年后，从来还对我说，猪身上真暖和啊！

从来被舅妈侍弄得骨瘦如柴，舅妈又把从来送给一对无儿无女的唱戏的老夫妻。从来不仅有了新爹新娘，也有了新名新姓。后来这对夫妻离异，从来跟着养母改嫁到另一家，又是一番更名改姓。不久养母再次离异，把从来留给第二个养父，就是这个粗暴而善良的老人，给他取了“从来”这个名字，希望一切从头开始。这老人后来又娶回一个老婆，老婆带来一个女儿。然后，女儿出嫁了，老婆过世了，从来也就长大成人了。从来有时也顶撞养父，但又与养父相依为命。家里弥漫着两条光棍的臭脚汗味儿。

从来从未上过学，但他却认识不少字。从来记忆力奇好，几乎过目不忘。他肚里装着《说唐》《说岳全传》《水浒传》《三国演义》《封神演义》《小五义》《小八义》《包公案》《施公案》《呼延庆打擂》《罗成算卦》

等整本整本的书。别人说书摆架子，或者不肯说，或者说说停停，吊人胃口。从来没架子，无论大人小孩说：“从来，来一段！”从来不管是在炕上还是街头，便蹲下来来一段。

从来喜欢红火，他给唱戏的当过养子，所以晋剧唱得还算马马虎虎。“文化大革命”期间只准演那么几个样板戏，李玉和、杨子荣、南霸天、刁小三什么的从来都扮过。有时人手忙不过来，从来来不及卸装就坐在戏台边上，一边敲锣，一边拉二胡。

从来象棋下得好，方圆十几里少有对手。但他从不选择对手，孩子们跟他下，也成。他舅妈最小的儿子——其实应该算他的小弟，因为左转右转已转得不成亲戚了——找他下棋，他也下。从来受过许多罪，但他从来不记仇。

从来是我们村子里走出去的第一人。从来没有城府，他到外面去做工，回到村里总要讲一些所见所闻的新奇事，村人将信将疑，说他“放大气”（吹牛、瞎说）。从来说，他在大同市看见过小木匣子上放电影，人们一哄而起连说“放大气”“放大气”！从来也不生气。多年以后我才琢磨出来：嗨，可不就是电视机嘛！

从来心肠热。村里一位美妇人跟下乡干部有染，事败，羞愤而投井。从来奋不顾身下井救人。有人说，从来打了三十多年光棍，想趁机摸一把女人。从来骂一声“你大爷”，把湿衣裳甩在肩上扬长而去。

从来会算卦。他给自己算着某年某月某日从某个方向可以娶回一房媳妇。他借钱走了一遭，囊空如洗，无功而返。如是者三。正当村人大失所望（或大为快意）之时，从来从外地领回一房媳妇来。从来媳妇年轻，漂亮，贤慧，温柔，为从来生下一双儿女。正说从来好人有好报，不料从来媳妇精神失常，投井自杀。从来含泪拉起幼子弱女，远走他乡做工，当爹又做娘。

从来是个苦人儿，但挡不住他天性乐观。他给远方仅见过一面的农村姑娘写信，大耍文墨：“何当共剪西窗烛，却话巴山夜雨时。”从来头上生着一块阿Q似的癞疮疤，但他绝无阿Q之油滑和无赖相。从来爱学习，从来宽厚待人，从来敬畏天命，从来憧憬未来……

从来被上帝开了一系列的玩笑，但从来最终还是一个正直的好人。

每年春节我回村过年，从来只要在，就一定找我聊天。从来十分关心民族和国家的前途命运——这在某些人看来似乎很可笑，但他却盘腿坐在我家的土炕上，前倾着身子，谈得很认真，很投入，有时甚至忘情地朗声大笑，孩子似的。多少年来，我一直敬重从来。他遭受那么多的苦难，仍有一颗真诚而善良的心，难得。

有好几年了，我没有看见从来。我希望回故乡时能够见到从来，见到他长大成人的儿女，见到他交了好运！

两个少年

有两个少年，是同胞兄弟。大的叫大成，小的叫二成。大成十七岁，二成十五岁。大成身体结实，孔武有力，曾在夜间的西瓜地里跟父亲并肩作战，把七八个偷瓜贼打得落荒而逃；二成比大成瘦弱一点，戴一副眼镜，看上去文文静静。大成初中毕业后留在村里，与父母一起下田劳动，如今已是一把务农好手；二成考取县城中学，正在读高中。

每逢节假日，二成回到村里，与大成一起下田，一边劳动，一边谈天，兄弟二人亲密无间。有一天，二成指着远处的一座山峰，对大成说：“哥，还记得不？咱们小时候不是说过要上草垛山去看看吗？”大成停下手中的活儿，好像被弟弟从睡梦中唤醒似的，憨憨的脸上掠过一丝笑意，说：“明天就去。”

第二天清晨，两个少年瞒着父母，邀了两个年龄相仿而且早想登山的伙伴，出发了。

从村子到山脚，约十余里坡路。四个少年一路爬坡爬到山脚下，另外两个伙伴就开始动摇了。一个说，没带干粮没带水，渴了饿了怎么办？另一个说，听说山上有金钱豹子，真的遇上可就完蛋了。眼看两个伙伴只管坐在石头上磨嘴皮子，全无动身的意思，二成说：“哥，咱们走吧。”大成对两个伙伴说：“回去给我父母捎个话，就说晚饭以前我俩赶回家。”

目送走两个伙伴，二成转身冲大成一笑，抒情地说：“我们就要爬草垛山了……”

草垛山系恒山支脉的一个主峰，位于雁门关东边二十里，海拔二千五百多米，因主峰形状酷似草垛而得名。与草垛山东西相峙的另一个主峰叫馒头山。当地老百姓常说："人有馒头，畜有草垛，是风水宝地啊！"草垛与馒头二峰之间，夹着一座三把尖刀似的山峰，叫香山，相传宋代"杨家将"著名将领焦赞、孟良曾率部驻扎此山。关于这三座山，当地有许多神秘而美丽的传说——这里且按下不表。单说这草垛山有大片原始森林，林中荆棘丛生，有黄羊、野猪、虎、豹、豺、狼等出没。因该山从未开发过，所以自古以来上山的人们"走投无路"。

然而此际，大成在前边拨开丛刺带路，二成在后边一路紧跟，翻一道梁，下一条沟，再翻一道梁，又下一条沟，不知翻过多少梁，越过几条沟，终于踏上草垛山的顶峰了！令大成二成惊奇的是，一路上山，又是参天古树，又是榛莽丛生，不料峰顶上却有数十丈大小的一块地方，平荡而光滑，周边长满了红得鲜艳夺目的叫不出名字的野花，一簇一簇的，美艳极了！站在峰顶，向四周极目远望，东西方向是绵延不绝的大大小小的山峰，山南山北都是一马平川，间或可以看见一小堆一小堆的城镇或村庄。二成突然呐喊："我登上草垛山啦——！我登上草垛山啦——！！"大成也手卷号筒嗷嗷地号叫，野狼似的。两个少年欣喜莫名，狂蹦乱叫，要不是传来不知什么动物的瘆人的嚎叫声，他们一时还想不到下山这个问题。

兴奋、激动、疯狂过后，两个少年才感到又饥又渴。渴了还可以下到沟底捧起泉水喝几口，饿了却是一点办法都没有。二成看到树上红的绿的大的小的各种果实，就想摘几个疗饥；大成不许，怕他中毒。此际，唯一的"办法"就是赶快下山。俗话说得好，上山容易下山难。二成毕竟是个书生，又饿又累，几次对大成说："哥，休息一会儿吧。"大成说："不行！你不看太阳已经偏西了，我们必须赶在太阳落山前下了山，不然，等天黑了，想下也下不去了。"二成听得毛骨悚然，精神陡增，正好这时不知什么动物的嚎叫声，怪异而尖厉，且愈来愈逼近了。大成牵着二成的手，一路摸爬，连跳带跌，终于在太阳收尽了最后一点光芒落山的时候，奔到山脚下。

回到家已是晚上八九点钟。两个少年的父母，既着急，又生气。他们的妈妈已经急得哭了，一边哭，一边骂，一边用拳头捶打他们。然而，两个少年却在打骂声中酣然睡去。他们的妈妈分明看到二成的衣兜里，滚出几枚果子来。

现在我要告诉大家的是：这两个勇敢的少年，是我大哥的儿子——我的两个侄子。

前不久我回家探亲时，听到他们的“事迹”，觉得很有趣。我问大成二成，为什么要去爬草垛山？他们很腼腆地相互对视一眼，大成捅了捅二成，二成说：“为了一个理想，童年时候的理想。”二成接着又说：“草垛山对我们来说太神秘了！太有吸引力了！小时候，我和哥就商量过，我们将来一定要爬上草垛山，亲眼看看山顶上——还有山的南边、北边、东边、西边到底都有些什么，我们真地上去了……”

二成说得很平静，也很平淡，甚至说话的时候还不好意思地低着头，但在我却不啻一个晴天霹雳！

“理想”这个字眼儿，对于生活在红尘滚滚的大都市里的我，已经有很长时间未曾听到过了。想不到在物质生活与精神生活都很贫乏的两个农村少年的心中，她依然熠熠生辉！

将饮茶

时届清明，又饮新茶。东坡词曰：“寒食后，酒醒却咨嗟。休对故人思故国，且将新火试新茶。诗酒趁年华。”由于古俗寒食节（在清明节前一日，亦有前两三日之说）禁火，故清明后取火曰新火；清晨汲取水井中的第一桶水叫“井华水”，自然是新水；再加上明前新茶，可谓新火煮新水，新水沏新茶。这时节，邀二三知友，寻好景，吃好茶，实乃人生之快事。

古云:“早采者为茶,晚取者为茗。”唐朝陆羽《茶经》

讲："茶者，南方之佳木也。"明朝李时珍则将茶归入"果部"，《本草纲目·果部·茗》讲："清明前采者上，谷雨前者次之，此后皆老茗尔。"春茶一般在惊蛰和春分期间开始萌芽，清明前即可开采。由于清明前气温较低，茶树发芽少，故明前茶颇为珍贵。古代的贡茶，有社前茶、火前茶和雨前茶。社前指春社之前（一般在春分前后），比清明尚早半月，故社前茶尤为珍贵；火前在寒食节前（因寒食禁火而得名），所谓火前茶即明前茶，清朝乾隆皇帝《观采茶作歌》有"火前嫩，火后老，唯有骑火品最好"；雨前指谷雨前，雨前茶虽不及社前茶珍，也没有明前茶嫩，但由于此时气温升高，茶树的芽叶生长较快，滋味鲜浓而耐泡，故前人亦说"清明太早，立夏太迟，谷雨前后，正当其时"。

那么，饮茶有什么好处呢？《本草纲目》讲："（茶）叶【气味】苦，甘，微寒，无毒。久食，令人瘦，去人脂，使人不睡。饮之宜热，冷则聚痰。"其原因是"茗茶气寒味苦，入手、足厥阴经，苦以泄之，其体下行，所以能清头目。且茶体轻浮，采摘之时，芽蘖初萌，正得春升之气，味虽苦而气则薄，乃阴中之阳，可升可降。利头目，盖本诸此。姜茶治痢：姜助阳，茶助阴，并能消暑、解酒食毒；且一寒一热，调平阴阳。”故饮茶之好处有“利小便，去痰热，止渴，令人少睡，有力悦志。下气消食。破热气，除瘴气、痔瘘，利大小肠。清头目，治中风昏愦，多睡不醒。治伤暑，止头痛”等。特别需要指出的是，饮茶对牙齿和眼睛大有好处。苏轼《茶说》云：“饮食后浓茶漱口，既去烦腻，而脾胃不知，且苦能坚齿消蠹，深得饮茶之妙。”俗话也说：“多喝茶，少烂牙。”还说：“蒜有百利，独害一目；茶有百害，唯利于目。”可见，茶对眼睛是有利无害的。

说“茶有百害”，可能有些过头。但万事万物，有利必有弊，茶亦如是。茶乃助阴之物，故夜间饮茶，对人伤害极大。谚云：“早酒晚茶黎明色，阎王不用下请帖。”又说：“隔夜茶，恶如蛇。”不仅夜茶伤人至深，即使昼间饮茶，亦应根据饮者之健硕与虚弱，以及年龄状况而有所分别。俗话说：“前三十年胃养人，后三十年人养胃。”人到中年之后，胃气日渐衰弱，故多饮茶必伤胃气，乃至“伤营伤血”。李时珍讲：“茶苦而寒，阴中之阴，沉也降也，最能降火。火为百病，火降则上清矣。然火有五，火有虚实。若少壮胃健之人，心肺脾胃之火多盛，故与茶相宜。温饮则火因寒气而下降，热饮则茶借火气而生散，又兼解酒食之毒，使人神思闿爽，不昏不睡，此茶之功也。若虚寒及血弱之人，饮之既久，则脾胃恶寒，元气暗损，土不制水，精血潜虚。成痰饮，成痞胀，成痿痹，成黄瘦，成呕逆，成洞泻，成腹痛，成疝瘕，种种内伤，此茶之害也。民生日用，蹈其弊者，往往皆是，而妇妪受害更多，习俗移人，自不觉尔。况真茶既少，杂茶更多，其为患也，又可胜言哉！人有嗜茶成癖者，时时咀啜不止，久而伤营伤精，血不华色，黄瘁痿弱，抱病不悔，尤可叹惋。”他还以自己为例说：“时珍早年气盛，每饮新茗必至数碗，轻汗发而肌骨清，颇觉痛快。中年胃气稍损，饮之即觉为害，不痞闷呕恶，即腹冷洞泻。故备述诸说，以警同好也。”宋末元初名医李鹏飞亦讲：“大渴及酒后饮茶，水入肾经，令人腰、脚、膀胱冷痛，兼患水肿、挛痹诸疾。”所以他建议：“大抵饮茶宜热宜少，不饮犹佳，空腹最忌之。”唐朝母炅《代饮茶序》更将饮茶的长远危害讲得很透彻：“释滞消壅，一日之利暂佳；瘠气侵精，终身之累斯大。获益则功归茶水，贻患则不谓茶灾。岂非福近易知，祸远难见乎？”

既然茶对人有这么多的危害，可是古来除李鹏飞、李时珍等为数不多的医药大家，为什么很少有人将这个问题明确地指出来呢？好在李时珍《本草纲目》已触及问题的实质：“茶之税，始于唐德宗，盛于宋元及于我朝，乃与西番互市易马。夫茶，一木尔，下为民生日用之资，上为朝廷赋税之助，其利博矣。”哦，原来是一个“利”字在作怪！唐代大诗人白居易早在《琵琶行》中即写到“商人重利轻别离，前月浮梁买茶去”，可见贩茶从唐代开始，就是一桩有利可图的买卖。自唐以降，宋代即在边疆地区开始大规模地“茶马互易”，尤其到了明清两代，茶叶更是政府税收和赚取外汇的主项，加之茶商亦从中牟利甚巨，故历来官府与商贾只卖力地宣传、包装茶之美利，却始终对茶之弊害三缄其口，讳莫如深！宋朝方岳有诗："茶话略无尘土杂，荷香剩有水风兼。"然而，茶话无尘杂，茶道有真伪；佳茗似佳人，佳人有猫腻。嗜茶者不可不审也。

清明与寒食

1.“满街杨柳绿似烟，画出清明三月天。”关于清明，《岁时百问》讲：“万物生长于此时，皆清洁而明净，故谓之清明。”宋朝陈元靓《岁时广记》引《三统历》云：“清明者，谓物生清净明洁。”明朝张岱《夜航船》亦讲：“清明万物齐于巽。巽，洁也，齐也。清明取洁齐之义。”时至清明，已入深春，莺飞草长，清波粼粼，桃红柳绿，风清景明。

2. 清明作为节气，有起源于周朝之说。张岱《夜航船·天文部·时令》讲：“周公始定二十四节，以合二十四气。”在农历二十四节气中，既是节气又是节日的，只有冬至和清明。清明一般在每年阳历的4月4日、5日或6日。今年（2015年）是4月5日（农历二月十七日）13时27分交清明。所谓“交清明”，就是进入了清明这个节气，节气也称气。古以五日为候，三候为气，六气为时，四时为岁。一年二十四个节气，共七十二候，各候均以一个物候现象相应，称候应。清明三候是初候桐始华（华，即开花）；二候田鼠化为鴽（鴽是鹌鹑一类的鸟），牡丹华；三候虹始见。这早在《逸周书·时训解》即有记载：“清明之日桐始华，又五日田鼠化为鴽，又五日虹始见。”

3.“清明寒食好，春园百卉开。”说起清明，就不能不谈到寒食。传说，寒食节是为了纪念春秋时晋国的贤人介子推的。春秋时晋文公（重耳）与介子推等诸臣逃亡去国十九载，返国后封赏功臣，独介子推无封无赏。子推作《龙蛇歌》而讽之：“有龙矫矫，将失其所；有蛇从之，周流天下。龙入深渊，得其所安；蛇脂尽干，独不得甘雨！”子推遂偕母隐于绵山（今山西省介休市东南）。文公悔悟，烧山逼令出仕，子推抱树焚死。时人为悼念子推，于其忌日禁火冷食。后相沿成俗，谓之寒食。介子推之事最早见于《左传·僖公二十四年》：“晋侯赏从亡者，介子推不言禄，禄亦弗及。……其母曰：‘亦使知之，若何？’对曰：‘言，身之文也；身将隐，焉用文之？是求显也。’其母曰：‘能如是乎，与汝偕隐。’遂隐而死。晋侯求之不获，以绵上为之田。曰：‘以志吾过，且旌善人。’”

4.寒食大致在清明的前一日（亦有前两三日之说）。南朝梁宗懔《荆楚岁时记》：“去冬节一百五日，即有疾风甚雨，谓之寒食，禁火三日。”隋朝杜公瞻注：“按历合（寒食）在清明前二日，亦有去冬至一百六日者。介子推三月五日为火所焚，国人哀之，每岁暮春为不举火，谓之禁烟。”到唐代朝廷明文规定，寒食节禁火三日，具体日期为：冬至后一百零四天（俗称“大寒食”），冬至后一百零五天（俗称“官寒食”），冬至后一百零六天（俗称“小寒食”）。宋朝孟元老《东京梦华录》："寒食（指"大寒食"）第三日，即清明节矣……自此三日，皆出城上坟，但冬至后一百五日（指"官寒食"）最盛。"正由于寒食有"大寒食""官寒食""小寒食"之分，而民间却又往往笼统地称之为寒食——大致在清明的前一夜禁火，因而俗话常说："清明昨夜寒食节。"东汉时期，太原郡寒食禁火竟长达一月。《太平御览》记："周举迁并州刺史。太原一郡，旧俗以介子推焚骸，有龙忌之禁。至其亡月，咸言神灵不乐举火，由是土人每至冬中，辄一月寒食，莫敢烟爨，老少不堪，岁多死者。举既到，乃作吊书以置子推之庙，言盛冬止火，残损人命，非贤者之意。以宣示愚民，使还温食。于是众惑稍解，风俗颇革。"然而，"风俗"一旦形成，是很难一下子"革"掉的，故不少地方每到寒食，仍长时间绝火冷食，以至当政者不得不用行政命令来强制禁绝这种"陋习"。魏武帝《明罚令》："闻太原、上党、西河、雁门，冬至后百有五日，皆绝火寒食，云为介子推。且北方沍寒之地，老少羸弱，将有不堪之患。令到，人不得寒食。若犯者，家长半岁刑，主吏百日刑，令长夺一月俸。”

5.“寒食花开千树雪，清明火出万家烟。”到了唐代，寒食与清明两节由于日期相近，便逐渐融为一体，几乎成为“同一个节日”。唐朝元稹《连昌宫词》云：“初届寒食一百六，店舍无烟宫树绿。”俗谚亦云：“冬至离春四十五，一百零六到清明。”也就是说，冬至后一百零六天，既是寒食节，又是清明节，可见两节已渐渐“合二为一”了。唐朝杜佑《通典》载唐玄宗开元二十年（公元732年）制曰：“寒食上坟，《礼经》无文。近代相传，浸以成俗。士庶有不合庙享，何以用展孝思？宜许上墓，同拜扫礼。仍编入五礼，永为恒式。”至此，寒食被作为“用展孝思”的“法定节日”确定下来。俗话说：“清明到，儿尽孝。”唐朝白居易有《寒食野望吟》：“乌啼鹊噪昏乔木，清明寒食谁家哭？风吹旷野纸钱飞，古墓垒垒春草绿。棠梨花映白杨树，尽是生死离别处。冥寞重泉哭不闻，萧萧暮雨人归去。”由于寒食禁火，故清明取火曰请新火。“从来禁火日，会接清明朝。”在清明这一天，皇帝亦将新火赐予近臣，以示恩赏。唐朝韩翃《寒食》诗写的便是公侯大臣受皇宫赐火："春城无处不飞花，寒食东风御柳斜。日暮汉宫传蜡烛，轻烟散入五侯家。"宋朝王禹偁《清明》诗写的则是穷书生乞 火："无花无酒过清明，兴味萧然似野僧。昨日邻家乞新火，晓窗分与读书灯。"

6. 寒食、清明成为"法定假日"，亦始于唐代。宋朝王溥《唐会要·休假》："（开元）二十四年（公元736年）二月二十一日敕：'寒食、清明，四日为假。'"又曰："大历十二年（公元777年）二月十五日敕：'自今以后寒食通清明，休假五日。'至贞元六年（公元790年）三月九日敕：'寒食、清明宜准元日节，前后各给三日。'"寒食一日，再加前后三日，共计七日假，相当于近年来的"黄金周"啦。宋承唐制，寒食、清明亦放假七日。北宋庞文英《文昌杂录》："祠部休假，岁凡七十有六日。元日、寒食、冬至，各七日。"南宋陈元靓《岁时广记》引北宋吕原明《岁时杂记》："清明前二日为寒食节，前后各三日，凡假七日。而民间以（冬至后）一百四日始禁火，谓之私寒食，又谓之大寒食。

北人皆以此日扫祭先茔，经月不绝，俗有‘寒食一月节’之谚。”后来人们于清明节扫墓，便一直奉行“前三后四”或“前三后七”之古俗。

7.“梨花风起正清明，游子寻春半出城。”由于唐代以后，寒食、清明既是“法定节日”，又是“法定假日”，所以除了祭祖扫墓，尚有春游、踏青、插柳、放风筝等风俗。谚云：“清明不戴柳，红颜变皓首。”又云：“清明去踏青，不害脚疼病。”宋朝范成大《春日田园杂兴》诗云：“桃奇满村春似锦，踏歌椎鼓过清明。”唐朝元稹《寒食日》诗亦云：“今年寒食好风流，此日一家同出游。”可见，到了唐宋时代的寒食和清明，庶几成为一个“踏青旅游节”了。

秋风响　蟹脚痒

俗话说："秋风响，蟹脚痒。"蟹脚一痒，便侧着身子，从河里或者湖里，窸窸窣窣地爬上来了。蟹有很多雅号。宋朝傅肱《蟹谱》云："蟹，水虫也。以其横行，则曰螃蟹；以其行声，则曰郭索；以其外骨，则曰介士；以其内空，则曰无肠。"因而文人雅士们，常将螃蟹称作"横行介士"或"无肠公子"。又据《周易·说卦》讲，蟹为离卦。离卦外阳内阴，外刚内柔，为火象。螃蟹亦外刚内柔，且性情火躁。更为有趣的是，

“横行介士”不仅听见秋风响脚发痒，看见火脚更痒。捕蟹者于秋天的傍晚或夜间，在河边或湖畔，用火把四下一照，群蟹便弃水登岸，奔火而来。

与其说“蟹脚痒”，毋宁说人们肚子里的馋虫痒。不过，馋虫再痒，持螯品蟹的最佳时间，也得熬到中秋落霜之后。南朝梁时期的医学家陶弘景在《本草拾遗》中讲：“蟹未被霜者，甚有毒，以其食水莨（一种有毒的水生植物）也。人或中之，不即疗则多死。至八月，腹内有稻芒，食之无毒。”明朝李时珍《本草纲目》亦讲，螃蟹“霜前食物故有毒，霜后将蛰故味美”。所以真正品蟹的好日子，要到农历八月之后，直至九、十月份。俗话说：“九月团脐十月尖。”“团脐”指雌蟹，“尖”指雄蟹，即所谓“雄者脐长，雌者脐团”也。到了农历九月，雌蟹有黄，最是肥美；进入十月，雄蟹有膏，至为肥壮。所以俗话又说：“九月雌蟹黄满，十月雄蟹油灌。”蟹有湖蟹和河蟹之分。清朝李斗《扬州画舫录》记：“蟹自湖至者为湖蟹，自淮至者为淮蟹。淮蟹大而味淡，湖蟹小而味厚，故品蟹者以湖蟹为胜。”

湖蟹又有太湖的“太湖蟹”、阳澄湖的“大闸蟹”、吴江汾湖的“紫须蟹”、昆山蔚洲的“蔚迟蟹”、常熟漕塘的“金爪蟹”等名品，大多出自老苏州。难怪章太炎的夫人汤国梨女士曾经感叹：“若非阳澄湖蟹好，此生何必住苏州！”

现代作家郁达夫有一句诗：“江山也要文人捧。”是啊，好山，好水，好东西，哪个不是文人名士用笔甚而用行为捧起来的？螃蟹亦不例外——也是“傍”着风流名士，抬高了身价。据《晋书·毕卓传》载，晋人毕卓（字茂世），官居吏部郎，贪酒嗜蟹，他说自己人生最高理想，就是“右手持酒杯，左手持蟹螯，拍浮酒船中，便足了一生矣”。毕吏部的这桩“雅事”，同时也被收入对后世文人影响极大的《世说新语》，从而使之更加广泛地流传了一千四五百年！与毕卓不同的是，明人张岱用他的生花妙笔，把食蟹一事写得至真至美，如画如诗，令人涎水垂流，心向往之。他在《陶庵梦忆》中写道：“食品不加盐醋而五味全者，为蚶，为河蟹。河蟹至十月与稻粱俱肥，壳如盘大，中坟起，而紫螯巨如拳，小脚肉出，油油如。掀其壳，膏腻堆积，如玉脂珀屑，团结不散，甘腴虽八珍不及。”清代名士如朱彝尊、袁枚、李渔者流，亦属“蟹痴”，且都有“蟹文”流传。朱竹垞食蟹，必须是“雌不犯雄，雄不犯雌”，“酒不犯酱，酱不犯酒”，那叫个讲究啊。袁子才食蟹，主张“蟹宜独食，不宜搭配他物。最好以淡盐汤煮熟，自剥自食为妙。蒸者味虽全，而失之太淡”。李笠翁一生嗜蟹如命，他把每年专门攒下来买蟹的钱，称作“养命钱”。他在《闲情偶寄》中标榜：“予于饮食之美，无一物不能言之，且无一物不穷其想象，竭其幽渺而言之；独于蟹螯一物，心能嗜之，口能甘之，无论终身一日不能忘之，至其可嗜可甘与不可忘之故，则绝口不能形容之。蟹之鲜而肥，甘而腻，白似玉而黄似金，已造色香味三者之至极，更无一物可以上之。”笠翁先生这么欲说还休，欲休还说，低回流连，一唱三叹，便将“无肠公子”推向了美食至尊！他还说：“凡食蟹者，只合全其故体，蒸而熟之，剖一匡，食一匡，断一螯，食一螯，则气与味纤毫不漏，出于蟹之躯壳者，即入于人之口腹，饮食之三昧，再有深入此者哉？”有的书把“剖一匡，食一匡”的“匡”字，擅自改作“筐”。谬也，谬也。“匡”在此处，专指蟹的背壳。《礼记·檀弓下》有“蚕则绩而蟹有匡”，孔颖达疏：“蟹有匡者，蟹背壳似匡，因谓蟹背作匡。”

尽管古人有“蟹肉百味”之赞，但也不能论“筐”而食。《本草纲目》讲：“蟹（气味）：咸，寒，小有毒。（主治）解结散血，养筋益气，散诸热，治胃气，理经脉，消食。以醋食之，利肢节，去五脏中烦闷气，宜人。”不过，由于螃蟹腹中之黄，应月盈亏，月黑则肥，月明则寒，其性甚寒，故不宜多食。且食时必须佐以姜，如孔夫子之“不撤姜食”也。关于蟹事，在历代文学作品中，愚以为《红楼梦》第三十八回之描写，最为精绝，尤其是薛宝钗的《螃蟹咏》：

桂霭桐阴坐举觞，长安涎口盼重阳。
眼前道路无经纬，皮里春秋空黑黄。
酒未敌腥还用菊，性防积冷定须姜。

于今落釜成何益，月浦空余禾黍香。

螃蟹的特质与行状（无经纬、空黑黄），品蟹的节令时序与注意事项（盼重阳、酒菊姜），以及横行者难逃“落釜”下场的引申与发扬，兼容并包，翻空出奇，笔墨饱满，酣畅，意蕴深远，超拔，有力量！所以大观园里的才子佳人们，都说这是食螃蟹绝唱，并说“这些小题目，原要寓大意才算是大才，只是讽刺世人太毒了些”。然也，然也。

雁来燕去换春秋

春暖花开时节，忽然想到了故乡的燕与雁。我的故乡在雁门关外，距雄关约二十里。《山西通志》记载："雁门山在代州（今山西代县）北三十五里，双阙陡绝，雁欲过者必由此径，故名。一名雁门塞。依山立关，谓之雁门关。"我从小望着一队又一队"人"字排开的雁阵，春天，从高天飞来了，秋天，又从高天飞走了。记忆悠悠。如今，我住在城里，对小燕子已是难得一见，遑论大雁。

《诗经·小雅·鸿雁》："鸿雁于飞，肃肃其羽。"

毛传云："大曰鸿，小曰雁。"雁是一种候鸟，热则向北，寒则向南，以就和气也。俗谚云："雁不过北不暖，雁不过南不寒。"《礼记·月令》："（孟春之月）东风解冻，蛰虫始振，鱼上冰，獭祭鱼，鸿雁来。"又曰："（仲秋之月）盲风至，鸿雁来，玄鸟归，群鸟养羞。"说的是鸿雁春来秋去，只是来去的时间讲得不甚具体。《逸周书·时训解》："雨水之日獭祭鱼，又五日鸿雁来，又五日草木萌动。"又曰："白露之日鸿雁来，又五日玄鸟归，又五日群鸟养羞。"把鸿雁在雨水之后北上、白露之后南下的时间表搞得很清楚。据说雁有四德：寒则自北而南，止于衡阳，热则自南而北，归于雁门，信也；飞则长幼有序而前鸣后和，礼也；失偶不再配，节也；夜则群宿而孤雁巡更，有警则哀鸣呼众（《禽经》称之为"群栖独警"），昼则衔芦以避缯缴，智也。由于雁是一种守信且有贞节的德禽，故古时用雁来作聘问或婚嫁时之聘仪，称之为"雁币"。又因为鹅的长相似雁，却又不是雁，可以假乱真，故称赝品（贋与赝乃古今字）。清朝吴景旭《历代诗话·赝本》："鹅酷似雁，而德不然，故凡以伪乱真者曰雁。”人们常常把雁和人事联系在一起设喻，如谚语“雁头多受箭，佳材早挨刀”“雁飞不到处，人被名利牵”“雁过不留声，不知春秋四季；人过不留名，不知张三李四”等。

《诗经·邶风·燕燕》：“燕燕于飞，差池其羽。”燕，又名玄鸟，缘于燕身为玄色。亦名乙鸟，因为燕子自呼为“乙”，故名。燕子是一种对庄稼十分有益的候鸟，它在飞行时捕食昆虫，所以俗谚云：“燕子不吃落地的，鹁鸪不吃喘气的。”《逸周书·时训解》：“春分之日玄鸟至。”从时间上说，大致不差。因为燕子是春社时来，秋社时去，故称社燕。春社在立春后第五个戊日，秋社在立秋后第五个戊日，是两个不甚固定的日子，大约春社在春分前后，秋社在秋分前后。人们都说燕子是“社来社去”，但它从何处来？又向何方去？对于燕子一去一来之间的踪迹，历来说法不一。俗传燕子在谁家筑巢，能带来祥和之气，且今年走了明年还会来。唐朝武瓘诗云：“花开蝶满枝，花谢蝶还稀。唯有旧巢燕，主人贫亦归。”不过，燕子在婚恋问题上，跟大雁可是大不一样，它采取的是一种比较“想得开”的态度，即谚语所谓“雁孤一世，燕孤一时”是也。

雁与燕，都是智禽。比如，雁是情圣，殉情守节。金代大诗人元好问曾为一只殉情的大雁写下：“问世间，情为何物，直教生死相许？”又如，燕子是最棒的天气预报员，“高飞晴天兆，低飞雨天报”。还有，燕子的“时间观念”也是比较特别和准确的，不仅春社来，秋社去，而且衔泥垒窝，常避开戊己（土）日，故巢不倾。俗话说：“燕来催下秧，燕去米汤香。”又说：“雁来燕去换春秋。”古往今来，无论大雁还是小燕，都与人的生产、生活及自然节律天然地联系在了一起。而今，春天来了，桃花开了。我坐在城市的楼房里写下这篇小文，礼赞我记忆深处的大雁和小燕！

仰读

每个人都有自己的阅读习惯。老三的阅读习惯有二：一是喜欢读“老书”，二是喜欢躺着读书。“老书”是时间的长河里沉下来的金子，年代越是久远，越能流传下来的，就越有价值。至于躺着读书，则是老三从小养成的一种习性。

据长辈们说，老三出生以来特能哭，整日里号啕大哭，用老三母亲夸张的话说就是“哭得死伤在地”。现在想想，小孩子的哭，不是病痛便是肚子饿。出生于

20世纪60年代初期的人，饿肚子本是寻常事，不值得大惊小怪。可是，老三母亲和哥姐都说，老三满月以后，每当啼哭的时候，就拿哥姐的旧课本在他眼前晃悠，并说“老三念书啦，老三念书啦”，老三的哭声便逐渐地变成咿咿呀呀的“念书声”了。据说此法很灵，一直用到老三一周岁左右。以至老三的外祖父预言：“老三这娃子，日后没准能成个喝墨水的人物。”

大概是从小受到这样的提示吧，老三对认字特别感兴趣。农村人一大家孩子，没有谁专门去教他识字。但老三跟着上小学的哥姐认了不少字，四五岁的时候就差不多可以读报纸了。那时候，在村子里找到一张报纸不是件容易的事。好在老三的五叔是村里的民办教师，他家的仰尘（城里人叫天花板）是用报纸糊的，老三尽可以躺在五叔家的热炕上，仰读仰尘上的《雁北日报》和《山西日报》。他一会儿头朝西，一会儿脚朝北，起初五婶还真纳闷，这孩子咋地躺在炕上总是转来转去的？后来才发现，嗨，咱家老三这不是在认字嘛！

转眼间老三长大了，考试升学，毕业就业，娶妻生子，锅碗瓢盆，跳槽升职，博取功名。他一路从小村到小城，从小城到省城，从省城进京城，忙了个不亦乐乎。老三参加工作二十多年来，读书写作只能利用晚上和双休日的时间。他曾经多次幻想，如果有几年时间什么也不干，能够专心致志地待在家里读书，那该多好。

也许是天遂人愿，也许是造化弄人。就在老三年过四十上有老下有小的当口，突然莫名其妙地失业了。就像有人专门做过思想工作似的，一时间全国范围内的不少文友和他保持了距离。文章发不了，工作又不好找，老三的心情顿时变得很沉很沉。不过，也好，这何尝不是一个读书的好时机呢？关于读书，特别是读“老书”，老三有自己的一套读法。他曾对读书作过“读诗如梳，读史如篦，读经如剃”的譬喻。他说，读古人的诗文集，要有选择地读，抓大放小，去粗取精，大致梳理一下即可；读史书要精细，最好能从头到尾捋出一条线索来；对于传统经典，则要潜心研读，探赜索隐，全面铺开，不留死角。

老三十五年前买了一套中华书局点校本《二十五

史》，满满上了一书架，本打算退休后再细细阅读，没想到提前派上了用场；老三七年前八五折购得一套北大版的阮元辑本《十三经注疏》，原本不敢轻易搬出来，此时也轻轻拂去了落在上面的浮尘。老三把枕头垫高，躺在床上，开始了夜以继日日以继夜的仰读生活。仰之弥高，钻之弥深，老三在书海里尽情徜徉，流连忘返，要愁哪得工夫！有一段时间，老三早晨起来，两个拇指都是水肿的。后来夫人提醒他说，没日没夜地举着砖头厚的书，手指能不水肿吗？老三这才联想到古人，将厚书装订成一本一本的小分册，而且还是竖排版的，非常适宜躺在床上卷起来阅读。老三叹服，古人真讲究啊！

时至今日，老三还十分怀念那段仰读的日子。是啊，作为肩负着养家糊口重任的一家之主，如果没有外力的压迫，谁会在人生的黄金时段平白无故躺在家里仰读两年之久呢？一想到这件美好的事情，竟由他人玉成，老三就想偷着乐。最近一次友人聚会，大家畅谈人生中快意事。一位朋友问老三，此生最快意的事情是什么？老三毫不犹豫地回答：仰读。

路 读

读书，未必是一件雅事；尤其在老三，倒成了一桩实实在在的俗事。老三住在北京东部的通州果园，而工作单位却在西单附近，加之每天上下班高峰期必堵车，单程也得两个来小时。如何将每天“扔”在路上的四个小时合理利用起来？于是老三便盘算在路上读点“老书”。

路读，不能讲究什么“刚日读经，柔日读史”之类的排场，只能见缝插针将就着读。想当年，老三正年富力壮，在公共汽车上找个靠窗户能站立的地方，就可以“埋头”读起书来。到了2008年奥运会前夕乃至奥运期间，北京的公交车一律改为乘坐一次付N角钱，总之便宜得很。而另一种空调公交车乘坐一次N元，因为票价要贵一些，所以乘客也相对少一些。老三选择后者，清晨早起一会儿还有空座，一直坐到东三环再换车，至少可以读书一个小时。奥运会后，有些车次忽然间“改头换面”找不到了，于是老三便改乘城铁换地铁。他从城铁八通线果园站上车，逆向坐三四站即到终点站，再从终点站重新选个座位，尽可以打开书畅读一个小时。然后到四惠东站再换乘一号线地铁，排队等一个座位，到西单站下车，仍可读近半个小时的书。当然，在一号线上的“读书时间”，偶尔也会超过半个小时，直到地铁里广播“本站是军事博物馆站”或“前方到站是玉泉路站”，老三才恍然大悟——坐过站喽！

近两年，选择乘坐城铁和地铁上下班的人愈来愈多。老三曾在城铁上听到一位青年女子抱怨，她每次早高峰挤进车厢，都是被人“抱”上来的。如今老三已年近知命，老冉冉其将至兮，不宜再在城铁和地铁上摔打了。然而自驾上班也不是他的最佳选择。于是便跟一位家住通州的的哥商量，每天早上固定接他上班。为了避免堵车，老三每天清晨5点20分起床，6点10分左右上车，在车上打一个盹儿，40分钟即可到达单位。老三单位的上下班时间是“早九晚五”。这样，他就多争取到两个小时的“读书时间”。在老三看来，每天早晨这两个小时的“读书时间”，纯属路上凭空“赚”出来的，故仍然称之为“路读”。至于车费嘛，可以用稿费抵消，故忽略不计。最关键的是，这两个小时的“读书时间”，是与从前不一样的“读书时间”：尽可以坐在办公室里，气定神闲地读，随心所欲地读，铺排对比地读，勾勾画画地读。老三早年看书，每本书都用牛皮纸包皮儿，不画道，不折页，读过两三遍还跟新书似的。而今，他不仅读到精彩处随手折页，还要打圈圈，画道道，蓝笔勾，红笔点，尤其读到会心处“诗兴大发”，还会在书的天头地脚扉页上涂抹一大嘟噜文字。老三说，书是特殊消费品，不“消费”

等于没读。

老三住在通州已近十年，上下班路上虽然不免“艰苦卓绝”了一些，但盘点一路读过来的好书，还真是收获不菲。像那些读来有滋有味的“老书”《说苑》《法言》《白虎通》《大戴礼》《淮南子》《战国策》《世说新语》《韩诗外传》之类，还有那些百读不厌的《论语》《孟子》《诗经》《周易》和“前四史”（《史记》《汉书》《后汉书》《三国志》），以及“坚硬”难啃的“春秋三传”（《左传》《公羊传》《穀梁传》）等，都是在年复一年的上下班路上，陪伴着老三一路过来的。路读，不仅为老三打发了途程中的无聊，而且使他获得了心灵上的愉悦！真可谓“甘苦相伴，得失为邻”。

每天在路上读一点“老书”，已然成为老三多年来的习惯。老三偶尔还会在亲朋好友聚会的场合“推广经验”，倡议大家加入路读行列，特别是年轻人要多读一点“老书”。他说，一个民族的“老书”，是该民族“从前的”思想和智慧的总和，从前的光芒亦可映照未来。证之世界历史，想要“抽空”某个民族的灵魂，首先便要“虚无”其民族的传统文化。就像要毁掉一棵树，先得挖掉它的根。无“根”的民族，还能称其为民族吗？听说现在国内不少大学里的许多院系，外语过不了N级毕不了业（这无可厚非），但却压根儿就没有开设《大学语文》（应当叫《国语》）这门课程。这很让老三觉得匪夷所思。

老三还经常听到一些朋友讲，他们买了很多好书，包括一些传统文化典籍，只是工作太忙无暇展读，打算退休后好好品读一番。每当此时，老三总会“哼哼”教导他们说，人之所以要退休，就是因为身体乃至思想差不多已到该“休整”的年限，读书做学问亦不例外。老三很喜欢引用一句古谚：“老将知而耄及之。”大意是说，人入老境固然老成智慧，然而糊涂昏聩也会随之而来。所以老三常说，要吃趁牙口，要穿趁身手。要读书，就现在——不管在枕上、厕上还是路上。

读书养气

人究竟为什么读书？或者换一个角度设问，读书对人到底有什么作用？

一

童年时的读书，说不出个“为什么”来，无来由地爱书，喜欢读书。

那时候虽然穷苦，连肚子也填不饱，可是自由自在呀！每天早晨起床（实际上是土炕），两手一揉眼睛，吸溜几口稀饭，吞咽几口窝头，一撂碗筷，就吆喝上左邻右舍的十几个小伙伴，脱缰野马似的奔向田野、森林之中，上树掏鸟，下树打枣，尽情地玩耍胡闹。玩够了，疯够了，淘够了，野够了，大家排起长队撒一泡尿，齐唰唰地画完十几条银色的弧线，然后大叫一声“各回各家，各寻各妈”——肚子不饿得干瘪，是想不起回家的。

回到家跟妈妈要吃的，妈妈总是没好气地说，半前不晌的，受苦人都没的吃，哪有你的！无奈，舀一瓢井拔凉水灌满肚子，仰头望一望太阳明晃晃的，离午饭尚远。几个与我有着同样遭遇的小伙伴，没精打采地聚拢在街头的墙根下，听我说书，讲故事。“我要读书”的强烈念头，大约就是在这个时候萌生的吧。

生在穷乡僻壤，没有多少书可读，就愈觉得书之宝贵了。用“如饥似渴”来形容彼时的读书，真是再确切不过了。半拉子的“小人书”，没头没尾的古今小说和话本，见着就读，反复地读。饥不择食，什么“三六九日王登殿，文武大臣摆两边，一旁闪出个白虎官。这白虎官，开了言：十八投唐二十三，保你唐主整五年……”之类的破旧书，在今天的小朋友们看来，是些什么东西！然而在当时，它之于我，简直就是奇书美文、精神大餐了！

读书，使我贫穷的童年生活变得色彩斑斓。

书给了我闯荡世界的动力和勇气。

二

转眼年届不惑。日月逝于上，体貌衰于下，但是“野孩子”的脾性未改，喜欢读书的“积习”亦未改——恐怕今生今世也改不掉了。只是在读书之余，脑子里时不时地冒出“读书究竟有什么作用”之类的问题。

说读书是为了升学，为了获取知识，为了提高修养，为了改变命运，为了做官，为了就业，为了成名成家，为了报效祖国，等等，均无不可。但我觉得，最根本的一条是，读书可以养气。

人有三宝精气神，腹有诗书气自华。读不同的书，可以养不同的气。豪气、灵气、平和之气、浩然正气，可以养也；邪气、戾气、酸腐之气、阴阳怪气，亦可养也。读书于人，就像吃饭喝水一样不可或缺，我们可以从书中汲取无尽的精神力量——不，汲取气，汲取一种激荡在我们的血管、充盈于我们的周身、又从我们的每一个毛孔里散发出来的气。同时，读书也要像吃饭那样，吃各种蔬果和五谷杂粮，摄取多种营养——阅读各式各样的书，汲取各种各样的气，以避免先天不足，后天失调。不过，血气方刚的少男少女，不仅要杂学旁收，大量读书，还要有目标、有选择地读书，吸取精华，剔除糟粕，读天下好书，养人间正气。就像孟夫子说的那样：吾善养吾浩然之气！

三

如果说读书是养气，是输入，那么写作则是释放，是输出。作者把气注入文章，读者又通过读书，感受到文章的气，吸收了文章的气。你我常说的“回肠荡气”，不正是说一种读书的经验，不就是说文气在我们的胸腹之间流转激荡吗？是什么样的人，读了什么样的书，便会写出什么样的文章来。气不同，文章的味道就不同，形成的风格也就大不相同。所谓韩如潮、柳如泉、欧如澜、苏如海，便是韩愈、柳宗元、欧阳修、苏轼四大文豪的禀赋、气质、学养之差异，贯穿于文章中的具体表现。

曹丕说“文以气为主”。韩愈也强调“气盛言宜”——写文章的人，只要气足了，想怎么写就怎么写。所谓“气”者，分为两个层面：先天为禀赋（本气），后天为学养（养气）。自身气弱的人，器小力薄，容易被书拿住，故世上多有食书不化的“两脚书橱”。而自身气足的人，不仅读书可以养气，而且善于融会，善于吐纳，作文时自然就会“天机云锦用在我，剪裁妙处非刀尺”也。正因如此，“野孩子”们的身上虽有侠气、野气和不驯之气，可是经过书卷气的浸染，其笔下之文，便多有杀气、霸气和蓬勃之气，别有手眼，异光灿烂，爽！

人虽有先天的禀赋、气质上的差异，然而读书可以养气，则是共同的，也是共通的。庄子在《逍遥游》中说："水之积也不厚，则其负大舟也无力……风之积也不厚，则其负大翼也无力。"读书也一样，若读书不足，养气不够，则写起文章来只有出的气，没有入的气，就像游泳的人不会换气，用不了半个时辰，使三魂荡荡，七魄悠悠，蹬小腿儿翻白眼儿，简直像个垂死挣扎的瘪三。真正的文章好手，必然读书多，养气厚，厚积而薄发。那手笔，真叫个：斯须九重真龙出，一洗万古凡马空！

莼鲈思

一

秋风起，便会想起晋人张季鹰，想起他因思念故乡的鲈鱼脍而辞官归去。临行，他潇洒地甩下一句："人生贵得适意，何能羁宦数千里以要名爵？"勾起季鹰归去的故乡美味，除鲈鱼脍，还有一种菰菜羹——明人张岱《夜航船·政事部》又写作"莼菜羹"。我自幼生长在塞外，分辨不出江南水乡的菰菜和莼菜哪个更美一些。但从字面看，我更喜欢莼菜这个字眼，故用“莼鲈思”来概括“适意人生”——这又何尝不是一种散文的境界呢？

二

如果说杂文是斩钢杀铁的文字，那么散文则是偏重于性灵的文字。杜甫有句：“冰雪净聪明，雷霆走精锐。”这两个句子，似乎恰好可以分别概括散文和杂文的各自特点。我曾以“雷霆走精锐”为题，写过一篇杂文理论文章。对于“冰雪净聪明”，谨作一个简单的句子分析：“冰雪”是指写作的材料和文字，既注重内容，也看重形式；“聪明”则指整个写作过程，既含布局谋篇的巧妙构思，亦指精美的文章之完成形态。“冰雪”偏重于作品的外在呈现，“聪明”更侧重于作者的内心世界。“净”，则指文章的主题和命意，三个字：思无邪。

三

就散文创作的主旨而言，“冰雪净聪明”庶几与“莼鲈思”正好相对应。与其他文体一样，散文源自生活，却又高于生活。散文与诗相近，是对生活的纯化、美化和净化。《红楼梦》可以和盘托出式地叙写薛蟠的“哼嗡诗”及“女儿乐”，散文却不可以。散文的使命就是提纯生活，去粗鄙化。法国的儒贝尔说过：“美丽只能触及人们的感官，而美却能触及人们的灵魂。”然而就文章来说，只有先吸引了人们的视听，然后才能触及其灵魂。故散文必须是美的，思想纯美，语言精美，形式上也应当是美轮美奂的。

四

作为新闻工作者，我参加过不少新闻发布会，但前不久的一次，给我烙下深深的印记。在我国西部的某些偏远地区，孩子们因贫穷而长年“不吃”午饭。中国社会福利基金会为此专门启动了一个“免费午餐”行动。贵州省毕节地区黔西县沙坝小学一个六七岁的瘦弱小女孩，把“免费午餐”分配给她的一个鸡蛋偷偷地藏起来。（这个“小动作”被一位有心的记者发现并悄悄跟踪）小女孩放学后并没有直接回家，先到山坡上把牛牵回家拴好，然后将鸡蛋掏出来递给年迈的奶奶，奶奶舍不得吃，又塞给她……听到这里，所有参会者都潸然落泪！真情与真实，最具感染力和说服力，它是散文的精魂。真情，简单说就是强烈的爱憎，憎也是爱——它是爱的变种。一切写作都根源于爱。大爱的散文，用以慰天下之劳人。

五

散文可以虚构吗？陶渊明的《五柳先生传》是叙事纪实的，《归去来辞》却是言志抒情的，《桃花源记》又是想象虚构的，但都是典范的散文杰作。鲁迅先生的《好的故事》，既可以看作真实的，亦不妨看作虚构的，实则二者兼而有之。艺术性的虚构，乃真实的虚设，不是虚假的真实，它可以弥补现实所缺少的那些美好的东西。我在新近写起的一篇长文《中国古典文学名著中的杂文笔法》中说过：“离开虚构，谁还能进行文学和艺术的创作呢？虚构不是虚假，而是更高层面的真实。”

六

作家在写作时，最需要有“感觉”。好作家不必“感觉良好”，但一定要有良好的感觉。对于作家来说，思想力和感受力都源于敏锐的感觉。没有较强思想力的作家，其文很难有深度有创意；没有较好感受力的作家，其文必然缺乏想象力和感染力。即便是有良好感觉的作家，也得在有“感觉”（亦称“灵感”）的时候才能妙笔生花，此所谓“情往似赠，兴来如答”。否则，面对一张白纸枯坐，脑子比纸还要空白。因为文章这东西，想到是一回事，写出来是另一回事，找到感觉写得漂亮则是又一回事。

七

说散文“冰雪净聪明”，并不是说它一定是清浅单薄的。“冰雪聪明”，既有优美，亦含壮美。有一个围棋术语叫“厚味”，讲究“棋长一尺，无眼自活”——因为“厚”嘛！围棋有厚味，文章有厚味，文人亦有厚味。文章的厚味从文人来。文人的厚味，除自身的禀赋和气质，主要靠读书多，养气厚。荀子说过：“不闻先王之遗言，不知学问之大也。”《刘子》亦云：“不游于六艺，不知智慧之深。”只有劳于读书，方能逸于作文，写出来的文章才会沉甸甸厚墩墩的，经读，耐看，有深度，有厚度，有广度，有力度。当然，作家也不能远离现实生活。不然的话，画家不识渔家苦，好作寒江独钓图。

八

所谓“适意人生”，既指散文所反映的内容，亦指作家的创作态度和心境。“适意”不必专指作家生活优裕，活得滋润，关键是思想的独立、心灵的自由。好文章总是在自由自在的状态下，打心底里流泻出来的。虽说散文是自由度最大的文体，怎么写怎么像，想怎么写就怎么写。然而好东西大多还是“打磨”“商量”出来的。《论语·宪问》：“子曰：为命，裨谌草创之，世叔讨论之，行人子羽修饰之，东里子产润色之。”散文虽然不是国家政令，但“文读十遍，毛病自见”，在草创完成之后，尚需反复诵读，精心打磨，方成佳什。

九

前些年时兴“大散文”，就像再前些年时兴写文章不用标点一样。其实，正如古文本来就没有标点，散文原本也是大的（与韵文相对而言）。假如为散文“寻根”的话，《颜氏家训·文章》主张：“夫文章者，原出《五经》：诏命策檄，生于《书》者也；序述论议，生于《易》者也；歌咏赋颂，生于《诗》者也；祭祀哀诔，生于《礼》者也；书奏箴铭，生于《春秋》者也。”《法言·寡见》则主张“五经为辩”：“说天者莫辩乎《易》，说事者莫辩乎《书》，说体者莫辩乎《礼》，说志者莫辩乎《诗》，说理者莫辩乎《春秋》。”比较而言，西汉大思想家、文学家扬雄对文章源出及功能的概括，要比北齐颜之推严谨、准确、深刻、简括得多。

十

虽然不必一定如曹丕所言“盖文章，经国之大业，不朽之盛事”，但我一直主张文章应对社会人生有益，诚如《左传》所谓“仁人之言，其利博哉”！古时把知识分子称作“士”，他们的天职就是“士传民语”，表达传递黎民苍生的心声与呼声。然而，如今的大多“士”们，正如曹丕《典论·论文》所说的那样：“贫贱则慑于饥寒，富贵则流于逸乐，遂营目前之务，而遗千载之功。”愚以为，今天的作家仍当发扬“士传民语”的传统精神，眼睛向下，亲近大地。一个作家要有自己的“上帝”。既然热爱写作这项事业，就应当对那些持“有天下不如有说”之论者，充满敬意！

精品栏目荟萃

《副刊面面观》

《心香一瓣》

《纽约客闲话精选集　一》

《多味斋》

《文艺地图之一城风月向来人》

《书评面面观》

《上海的时光容器》

《谈艺录》

《问学录》

《名人之后》

《纽约客闲话精选集　二》

《编辑丛谈》

《本命年笔谈》

《国宝华光》

《半日闲谭》

《这么近，那么远》

《群星闪耀》

《深圳，唤起城市的记忆》

个人作品精选

《踏歌行》

《家园与乡愁》

《我画文人肖像》

《茶事一年间》

《好在共一城风雨》

《从第一槌开始》

《碰上的缘分》

《抓在手里的阳光》

《阿 Q 正传》

《风吹书香》

《书犹如此》

《泥手赠来》

《住在凉山上》

《老解观象》

《犄角旮旯天津卫》

《歌剧幕后的故事》

《色香味居梦影录》

《走读生》

《回家》

《武艺十八般》

《一味斋书话》

《收藏是一种记忆》

《沙坪的酒》

《花树下的旧时光》

《嘉兴人与事》

《“闲话”之闲话》

《红高粱西行》

《丽宏读诗》

《流水寄情》

《我从〈大地〉走来》

《守望知识之狮》

《慢下来，发现风景》

《有时悲伤，有时宁静》

《装帧如花》